# Bilionário Revelado

A OBSESSÃO DO BILIONÁRIO

Marcus

J. S. SCOTT

Bilionário Revelado
A Obsessão do Bilionário - Marcus

Capa de lorijacksondesign.com

ISBN: 979-8-846124-25-7 (versão impressa)
ISBN: 978-1-951102-90-6 (E-Book)

Índice

Prólogo

Dani

Um Ano Atrás...

Eu sabia que morreria.

A única pergunta era por quanto tempo teria que viver antes que o grupo rebelde de terroristas que me sequestrara finalmente me executasse.

Eu sentia tanta dor que ficava grata quando perdia a consciência. Eu não fazia ideia de quanto tempo se passara desde que fora aprisionada. Parecia anos, como se eu tivesse vivido naquele estado perpétuo de dor, privação e humilhação pelo que parecia uma vida inteira. Eu tentara manter a conta dos dias que passavam, mas provavelmente perdera alguns.

Por quanto tempo eu estivera daquele jeito?

Uma semana?

Duas?

Eu perdera mais dias do que achara?

A morte seria uma bênção. Não sei quanto mais da tortura deles consigo aguentar. Não sairei daqui. Os EUA não fariam nenhuma barganha com terroristas e eu nunca conseguiria escapar. Mesmo se tivesse a oportunidade, não tenho forças para fugir.

Não que eu quisesse morrer, mas havia um limite para a agonia que uma pessoa conseguia aguentar antes de torcer para ter um alívio, mesmo que só encontrasse esse alívio com a morte.

Pelo menos, era tarde da noite, uma pequena parte do dia de vinte e quatro horas que eu passara a apreciar, pois todos os terroristas estavam dormindo. Era o único momento em que eu não me sentia aterrorizada de que decidiriam aparecer para me atormentar.

Eu estava com o corpo enrolado no meio do chão sujo, tentando desesperadamente não pensar em comida, água nem no fato de que cada centímetro do meu corpo parecia indicar que fora usada como saco de pancadas.

Relembrar que meu sacrifício significava que alguns adolescentes tinham conseguido atravessar a fronteira de volta para a segurança era um fato em que tentei me agarrar ao máximo. Provavelmente, eu teria que morrer para que um bando de garotos pudesse viver.

Era uma troca decente, certo? Se fosse para escolher, o que realmente acontecera, era melhor que uma pessoa morresse em vez de um bando de crianças.

Meu problema com esse raciocínio era que eu não *queria* morrer. A sobrevivente em mim queria que *todos* nós vivêssemos.

Infelizmente, a minúscula parte que sobrara do meu cérebro racional dizia que isso não era possível.

Tentei respirar fundo, mas doía demais. Soltei o ar devagar, tentando me convencer de que, por enquanto, eu estava sozinha e era improvável que fosse perturbada antes da alvorada.

Assim que eu dissera a mim mesma que estaria segura por algumas horas, uma mão grande cobriu a minha boca, sem aviso nenhum. Lutei contra o adversário, determinada a não me deixar abater sem lutar, apesar de ter muito pouca força.

Eu sempre lutava.

Era assim que eu era.

A noite era minha, a única chance que eu tinha de pensar, se conseguisse ficar consciente. E fiquei furiosa porque as poucas horas que tinha para descansar estavam sendo roubadas.

Eu estava cansada de ser uma fonte de entretenimento para os rebeldes sempre que queriam me atormentar. Queria que eles simplesmente me matassem e acabassem com aquilo. Se fizessem isso, a guerreira em mim permaneceria em silêncio para sempre.

— Danica. É Marcus Colter. Vou tirar você daqui. Fique quieta.

O sussurro ríspido finalmente entrou no meu cérebro amortecido. *Marcus Colter?* O que diabos ele estava fazendo *ali*?

Tive que me perguntar se estava ficando louca. Marcus era um homem de negócios internacional, um bilionário que vivia de terno. Sim, ele *sempre* aparecia em áreas perigosas do mundo. Mas por que estaria naquele acampamento desolado onde eu era mantida prisioneira?

Parei de tentar lutar, percebendo que ele tentava me ajudar

— Marcus? — perguntei com voz fraca quando ele tirou a mão da minha boca.

Ele não disse nada, mas fez um gesto amplo para que eu parasse de fazer barulho, que consegui ver com facilidade na minha prisão mal iluminada.

Normalmente, eu não gostava de Marcus Colter. Quando estávamos em um ambiente civilizado, não fazíamos nada além de antagonizar um ao outro. Mas, naquele momento, a voz dele me deu uma centelha de esperança. Naquele momento, ele era mais amigo do que inimigo. Apertando os olhos na escuridão, tentei discernir as feições dele. Porém, ele era praticamente uma sombra, um homem vestindo preto da cabeça aos pés.

Ele não encontrou resistência ao me pegar no colo. Passei os braços em volta de seu pescoço com a força que consegui reunir, ficando o mais quieta possível enquanto ele me carregava, passando pelas cabanas e saindo do lugar onde achei que daria meu último suspiro.

Enterrei o rosto no pescoço dele, absorvendo seu cheiro como uma esponja absorve a água. Ele tinha cheiro de segurança e liberdade. Depois de tudo pelo que eu passara nas mãos dos rebeldes, era um cheiro irresistível.

Pareceu que ele andou por horas até chegarmos a um Jeep. Marcus entrou rapidamente, segurando-me no colo, e o veículo começou a se mover no momento em que estávamos sentados.

Eu não conseguia falar. Além de ser algo difícil de fazer por causa da boca seca e dos lábios rachados, tudo o que estava acontecendo parecia... surreal.

Eu estava mesmo sendo resgatada ou estava tendo alucinações? Meu cérebro estava tão embotado que eu simplesmente não sabia.

Ganhar a liberdade de volta não era algo que eu esperara que acontecesse. Eu me resignara com o fato de que *nunca* conseguiria sair do acampamento onde estivera aprisionada.

A única coisa que eu sabia era que *queria* que aquilo fosse real. Mas não fazia sentido.

E por que Marcus Colter estava ali?

Uma vez, ele fizera alguns resgates particulares de prisioneiros internacionais, mas o grupo dele debandara algum tempo antes. Meu irmão, Jett, se ferira na missão fracassada que fora a única de Marcus e da Organização Privada de Resgate. A única forma de meu resgate poder acontecer era se ele reunira a equipe novamente.

Supus que não era impossível que ele tivesse reunido a equipe. Mas meu irmão estava certamente fora de questão, bem como alguns outros que tinham se ferido na queda do helicóptero que acabara com a OPR.

Eu queria agradecer a ele por ter arriscado a vida para salvar a minha, mas não consegui fazer com que as palavras saíssem. Talvez eu sempre o odiara pelo que ele fizera com minha irmã mais velha, Harper. Mas o incidente com a minha irmã acontecera mais de uma década antes e eu *estava* grata por Marcus Colter ter se esgueirado até o outro lado da fronteira, na Síria, para me resgatar. A missão era quase suicida, mas ele a fizera mesmo assim.

Gemi baixinho por causa da dor quando o Jeep parou subitamente. Marcus mudou meu corpo de lugar para sair do veículo e, em seguida, entregou-me a alguém em um helicóptero.

Consegui sair. Vou viver.

A percepção de que eu não morreria nas mãos dos meus atormentadores de coração sombrio era quase demais para compreender.

Lágrimas de alívio desceram pelo meu rosto, mas meu corpo estava tão fraco que eu não conseguia me mexer. Minha mente estava amortecida devido às privações e à tortura, mas eu sabia tudo de que precisava:

Eu estava segura.

Eu me sentia muito melhor alguns dias mais tarde ao terminar a ligação com Harper para avisá-la que ainda estava viva e que me sentia fisicamente mais estável a cada dia.

Talvez eu *precisasse* ganhar alguns quilos, mas, com o meu amor por todas as porcarias que havia para comer, ganharia o peso que perdera. Eu estava bem hidratada, com a ajuda do soro intravenoso, e meu cérebro finalmente funcionava de novo.

Largando o celular sobre a mesinha de cabeceira, murmurei para mim mesma: — Preciso dar o fora daqui.

Não havia nada que eu odiasse mais do que hospitais e já estivera na instalação médica enorme em Istambul por muito mais tempo do que conseguia tolerar.

A verdade era que eu queria sair do Oriente Médio. Queria voltar ao solo dos EUA.

— Falando sozinha de novo? — perguntou Marcus Colter ao entrar pela porta do meu quarto.

Eu quis poder negar, mas estivera completamente sozinha quando ele entrara e era óbvio que já terminara o telefonema. Sinceramente, eu *tendia* a falar comigo mesma bastante, pois normalmente estava sozinha. — Estou entediada — disse eu. Era uma desculpa esfarrapada, mas era *parcialmente* verdade.

Eu não saíra da cama desde que fora internada no hospital, a não ser para usar o banheiro. Eu não estava acostumada a ficar ociosa. Meu trabalho como correspondente internacional me mantinha viajando e extremamente ocupada durante quase todos os minutos do dia.

Olhei para Marcus quando ele parou ao lado da cama, percebendo que ele estava tão bonito como sempre fora, em um terno feito sob medida e uma gravata que quase combinava com o tom cinza de seus olhos.

— Você vai sobreviver — retrucou ele com pouquíssima empatia. — Precisa ficar até que sua condição melhore. Precisa ficar forte o suficiente para viajar.

Como sempre, quis dar um tapa no rosto dele para tirar aquele olhar. Infelizmente, eu vira exatamente a mesma expressão vezes demais no passado. Para onde eu ia, parecia que Marcus estava lá. Se algo importante estivesse acontecendo em uma certa área do mundo, não havia dúvidas de que Marcus apareceria. Ele sempre fazia isso, apesar de eu não fazer ideia do *motivo* pelo qual Marcus sempre parecia estar nos piores lugares do mundo. Sendo jornalista, eu tinha um bom motivo para estar onde houvesse problemas. Mas Marcus era um homem de negócios e não trabalhava mais com a OPR. Portanto, por que ele sempre estava no meio de algo ruim que estivesse acontecendo no planeta?

— Estou melhor — argumentei. — Estou forte o suficiente.

Marcus ergueu a sobrancelha de forma arrogante. — Você não conseguiria passar da porta do hospital sem cair — observou ele. — Ainda está muito fraca.

Eu queria desafiá-lo, levantando e andando para fora do hospital, mas ainda estava com o soro no braço e sabia quanto esforço era necessário só para levantar e andar até o banheiro. Eu fizera isso vezes demais, pois estavam enchendo-me de fluidos. Cruzei os braços sobre o peito. — Quero ir para casa, Marcus. Se for preciso, pedirei a um dos meus irmãos que me busque aqui.

Eu sabia que estava agindo como uma garota mimada e ingrata, mas a verdade era que estava sentindo-me ansiosa e tensa. Naquele momento, o medo estava levando a melhor e eu não conseguia impedir os pesadelos que tinha nem a sensação de que, de alguma forma, os rebeldes me encontrariam.

Ele balançou a cabeça negativamente. — Eles não fariam isso. Já falei com todo mundo na sua família. Ninguém a tirará do hospital até que esteja estável. É uma viagem muito longa de volta aos EUA. Você precisa de mais tempo para ficar mais forte.

Soltei um suspiro irritado porque sabia que ele não estava blefando. Marcus não era o tipo de *não* manter cada palavra que dizia. Se ele dissera que tinha falado com a minha família, eu *sabia* que era verdade.

Sinceramente, eu não sabia exatamente *como* me sentia em reação a Marcus Colter no momento. Meu telefonema com Harper fora intrigante. E *tirara* o irmão Colter mais velho da lista negra por ser um escroto com minha irmã, Harper. Era difícil acreditar que fora *Blake*, irmão gêmeo idêntico de Marcus Colter, quem dormira com minha irmã mais velha e partira o coração dela mais de uma década antes. Aquele fora um dos motivos pelos quais ver Marcus Colter me deixara abalada, mas não o único.

Marcus podia ser o idiota mais teimoso, cínico e irritante que eu conhecia e não mudara absolutamente nada desde a última vez em que o vira.

Porém, ele *salvara* a minha vida.

Antes, eu sempre tivera um motivo para não gostar dele devido ao que acontecera com Harper. Agora, eu não sabia bem como tratá-lo. Sim, ele ainda era escroto às vezes, mas, além do ego masculino superinflado, eu não tinha nenhum motivo de verdade para continuar odiando-o.

— Então, quando posso ir? — perguntei com a voz irritada. — Vou enlouquecer se ficar aqui por muito mais tempo.

— Você acabou de se hidratar. Demorará pelo menos mais uma semana.

Revirei os olhos. — É só uma viagem de avião para voltar para casa.

De verdade, só o que eu queria era sair do Oriente Médio e voltar para os EUA. Eu me sentiria mais segura, mas não queria dizer a Marcus como me sentia nervosa e tensa. Tecnicamente, eu estava em um lugar seguro e não queria parecer louca nem paranoica.

Nós dois sempre tivéramos um campo de batalha relativamente justo. Aquele era o meu lugar, onde eu fazia a maioria das matérias.

Agora, era o local do pior dos meus pesadelos.

Ele soltou uma mochila grande sobre a cama, ao lado do meu quadril. — Eu trouxe algo para combater seu tédio.

Vasculhei a mochila, encontrando alguns livros que eu queria ler, um baralho, algumas das minhas comidas favoritas e um jogo de xadrez pequeno. — Você joga xadrez? — perguntei. — Obviamente, não posso jogar sozinha.

Ele assentiu. — Jogo.

— Como sabia que eu jogava? — perguntei.

Ele deu de ombros. — Talvez Jett tenha comentado sobre o assunto.

Eu sorri. — Nenhum dos meus irmãos consegue mais me desafiar.

— Eu ganho. Sempre ganho — disse Marcus em tom arrogante.

Eu o observei com cuidado enquanto abria um pacote de salgadinhos e começava a mastigá-los avidamente. Deixei o gosto salgado acariciar minhas papilas gustativas e quase gemi de satisfação. Ele abriu o jogo de xadrez e começou a dispor as peças enquanto eu observava. Marcus irradiava poder, controle e uma dose grande de autoconfiança, o que era uma forma simpática de dizer que ele podia ser um escroto arrogante. Mas isso não significava que eu conseguiria me esquecer do fato de que a mera presença dele enchia o quarto de tensão.

Eu fizera pouco mais além de combater Marcus no passado e não sabia exatamente como interagir com ele, agora que sabia que não era responsável por dormir com Harper e magoá-la tanto.

— Salgadinho? — perguntei, oferecendo a ele o saco aberto.

Ele fez uma careta. — Não, obrigado. Evito comidas processadas e excesso de sal. Essa coisa é ruim para você.

Dei de ombros, puxando o saco de volta. Eu só daria a ele uma chance. Eu era gananciosa em se tratando dos meus lanches. — Se eu desistisse de tudo que não é bom para mim, a vida seria um tédio.

Depois de ficar sem comida por tanto tempo, eu planejava devorar cada pedacinho, saudável ou não, que conseguisse.

— Seu irmão, Jett, disse a mesma coisa — retrucou Marcus com tom desgostoso.

— Acho que é de família — brinquei.

— Acho que sim.

— Acha que Harper e Blake ficarão juntos, agora que a confusão de dez anos atrás foi finalmente resolvida? — Eu queria que minha irmã fosse feliz e tinha certeza de que Blake era o único homem no mundo que conseguiria fazer com que Harper assentasse. Na década depois que tinham se afastado, minha irmã se dedicara à carreira de arquiteta e eu nunca a vira interessada em outro homem.

— Não faço ideia — respondeu Marcus ao tirar o casaco do terno e enrolar as mangas da camisa. — Tento não me meter na vida dos outros, especialmente da minha família no que diz respeito à vida amorosa.

Mudei de posição, sentando-me na cama para que conseguisse estudar o tabuleiro. — Ela o ama — disse eu em tom confiante. — Acho que nunca deixou de amá-lo.

— Acho que aconteceu o mesmo com Blake — admitiu Marcus.

Eu assenti. — Então tenho certeza de que resolverão as coisas.

— Espero que sim — disse ele com voz grave. — Caso contrário, ele ficará chorando como um adolescente.

Decidindo que queria as peças pretas, virei o tabuleiro. — Não acredito que você não se importa se seu irmão gêmeo está feliz.

— Eu não disse que não me importo — retrucou ele.

Então, ele se importa, mas tenta não se envolver? Se eu fosse julgar a atitude de Marcus na superfície, ficaria tentada a acreditar que ele realmente *não* se importava com ninguém além de si mesmo. Mas as ações dele contavam outra história. Ele imediatamente achara Blake quando Harper o procurara para falar sobre o meu sequestro e dissera ao irmão gêmeo que resolveria a confusão. Ele jogara os dois juntos de propósito. Eu tinha certeza disso.

— Então, você ficaria feliz se isso acontecesse? — perguntei.

Ele não respondeu imediatamente. O olhar de Marcus estava no tabuleiro, já que era o primeiro a jogar por causa das peças brancas, uma posição que lhe dava uma ligeira vantagem.

— Não importa o que você pensa de mim, quero que meu irmão seja feliz — respondeu ele com simplicidade.

Logo descobri que tentar arrancar informações de Marcus exigiria mais energia do que eu tinha. Infelizmente para mim, o cara era um jogador de xadrez incrível e lamentei muito tê-lo dado vantagem no início depois de levar uma surra dele.

Por sorte, ele não era do tipo de se vangloriar demais, mas fiquei irritada mesmo assim.

Demorou quase uma semana para eu sair do hospital. Eu ainda não estava totalmente curada, mas fiquei aliviada quando o jatinho de Marcus finalmente decolou para nos levar de volta aos EUA.

Tate Colter, o irmão mais novo de Marcus e piloto da minha missão de resgate, partira na manhã do dia anterior, ansioso para voltar para a esposa. Portanto, eu não tinha mais a distração da companhia dele. Eu gostava de Tate e estava grata a ele, como estava a Marcus, por ter arriscado a vida para me salvar e fazer-me companhia enquanto me recuperava. Eu não tivera a oportunidade de agradecer ao restante da equipe porque estivera doente demais quando partiram, mas estava muito grata a todos eles.

Eu me recostei na poltrona de couro enquanto o jatinho de Marcus subia para a altitude de cruzeiro. — Obrigada por me tirar de lá — disse eu baixinho.

Nem uma vez eu mencionara minha experiência com os sequestradores. Respondi a perguntas, mas não quisera falar no assunto. E ainda não queria. Mas eu agradecera a Tate antes de ele ir embora e sabia que devia isso a Marcus por correr um risco tão grande por alguém que mal conhecia.

— Só tente evitar entrar em outra situação ruim — respondeu ele da poltrona ao meu lado. — Entendo por que fez isso, mas devia ter sabido que provavelmente terminaria morta ao cruzar a fronteira.

Passamos por uma turbulência enquanto o jatinho subia e enterrei as unhas curtas no apoio de braço. Eu nunca ficara nervosa ao voar antes daquela viagem para casa, mas estava rapidamente descobrindo que minhas experiências no cativeiro tinham me mudado. — Eu não pensei antes de ir — admiti para Marcus. — Meu medo pelas crianças que tinham cruzado a fronteira antes de mim fez com que eu deixasse o cuidado de lado. Eu queria tirá-los de lá. Não parei para pensar nas consequências.

Sim, talvez minhas ações *tivessem sido* descuidadas, mas eu salvara os adolescentes.

Se tivesse a opção de vê-los morrer ou arriscar uma distração cruzando a fronteira eu mesma, faria a mesma coisa de novo.

— Pense no perigo na próxima vez... antes de agir — resmungou ele. — Você deixou sua família inteira com muito medo. Harper estava muito abalada e seus irmãos estavam prontos para cruzar a fronteira para procurar você, o que teria feito com que todos morressem.

— Eu não estava *tentando* ser sequestrada — disse eu em tom indignado.

— Mais alguns dias de cativeiro provavelmente teriam matado você — respondeu Marcus em tom severo.

— Eles já estavam falando em me matar — confessei em tom nervoso, falando pela primeira vez sobre os sequestradores.

— Você entendia o que eles diziam?

Assenti quando ele virou os olhos para o meu rosto. — Sim. Falo um pouco de árabe, mas nunca demonstrei isso a eles. Como não receberiam nenhum dinheiro, não havia motivo para que me mantivessem viva. Acho que eles nem se divertiam mais comigo. Eu estava muito mal para conseguir lutar.

— Você parece melhor — disse ele com voz rouca e um tom ligeiramente mais gentil. — O que você fez com seus cabelos?

Corri os dedos pelos cabelos curtos. — Nada. O estilista só acertou o corte e pintou-o de volta à minha cor natural.

Sendo uma pessoa detalhista, Marcus me enviara todos os tipos de serviço enquanto eu estava no hospital, incluindo alguém para arrumar meus cabelos e tentar curar todas as rachaduras e feridas que tinha na pele.

— Você é ruiva?

—Sim—admiti.—Mas achei que seria melhor, como correspondente internacional, ficar loira. Pessoas ruivas chamam muita atenção, especialmente em países em que essa cor de cabelo quase nunca é vista. Eu queria me misturar, não me destacar. Não queria que ninguém soubesse quem eu era.

Marcus pareceu satisfeito com a minha resposta, pois ficou em silêncio por alguns minutos. Ele não era o tipo de pessoa que falava apenas para ouvir a própria voz, o que me deixou grata.

Quando o jatinho chegou à altitude de cruzeiro, eu disse a Marcus: — Acho que vou tentar dormir um pouco. — Eu estava exausta por causa do exercício leve que tivera que fazer durante o dia. Só o que eu fizera fora receber alta do hospital e ir até o jatinho de Marcus. Ainda assim, parecia que eu tinha passado o dia inteiro fazendo trabalhos pesados.

Ele abriu o *notebook* e, sem olhar para mim, respondeu: — O quarto fica lá atrás. Durma o quanto quiser, é uma viagem longa.

— Obrigada. — Soltei o cinto de segurança e fui até a parte de trás da aeronave grande.

Todos os meus irmãos tinham jatinhos particulares e não era incomum que eu visse aquele nível de conforto e conveniência. Mas *parecia* estranho ser a única outra passageira em um avião tão grande.

O quarto tinha uma cama grande, tamanho *king*, e um banheiro ao lado. Entrei no banheiro para vestir uma camisola. Ver minha mala ao lado da porta do banheiro não fora surpresa. Marcus obviamente exigia eficiência de sua equipe, o que recebia sem questionamentos.

— Terminou de usar o banheiro? — A voz de Marcus ao meu lado, no quarto, quase me fez dar um pulo de susto. Sim, eu sabia que ele ainda estava a bordo, mas levei um susto mesmo assim.

Naquele momento, não era preciso muito para me assustar.

Eu assenti. O banheiro tinha duas entradas. Uma para o quarto e a outra para fora dele, ao lado da porta do quarto. Um olhar rápido mostrou que a porta do banheiro ao lado da porta do quarto estava fechada e que Marcus só estava conferindo se eu terminara.

Tentei acalmar os nervos, recriminando-me por estar tão tensa. Em seguida, olhei para Marcus para garantir que eu não era louca.

O olhar penetrante dele foi tão intenso que parecia que estava abrindo minha alma.

Sem afastar o olhar de mim, ele disse: — Só quero usar o banheiro. — Ele fez uma pausa e perguntou: — Ei, você está bem? Está muito pálida.

— E-estou bem — menti com facilidade.

Na verdade, eu não estava me sentindo nada bem. Meu corpo lentamente ficava mais forte, mas minha mente não funcionava tão bem como antes. Obviamente, eu me assustava com facilidade e não conseguia impedir que minha mente voltasse para meu tempo como prisioneira.

Estou segura. Estou segura.

Imaginei que, se repetisse esse mantra por algum tempo, talvez começasse a acreditar que ninguém me machucaria.

— Mentira — xingou Marcus. — Você mal parece conseguir ficar de pé.

Ele chegou mais perto, com o corpo enorme empurrando-me contra a parede como se estivesse pronto para me segurar, caso eu caísse.

— Estou cansada — admiti enquanto continuava a encará-lo, tentando não reagir quando ele colocou uma mão em cada lado do meu corpo, deixando-me aprisionada.

— O que mais, Danica? O que está incomodando você? Conheço essa expressão no seu rosto. Eu já a vi antes em outras situações de resgate.

Marcus era meu único confidente naquele momento, portanto, as opções eram contar a ele qual era o problema ou mantê-lo guardado. Decidi pela primeira opção. — Não consigo parar de pensar no que aconteceu. Eu estava tão certa de que iria morrer, Marcus. Voltar para este mundo, sabendo que ninguém mais vai me machucar, é um tanto surreal. Estou feliz. De verdade. Mas o medo não vai embora. — As palavras saíram da minha boca de forma desajeitada.

— É normal — disse ele. — Você não tem como sobreviver a uma provação dessas sem desenvolver uma grande dose de preocupação e ansiedade. Quer conversar sobre isso?

Sim!

Não!

Ai, meu Deus, eu não sabia o que queria. Talvez eu *precisasse* falar, mas certamente não queria, especialmente com Marcus. Eu estava acostumada demais a sempre manter a guarda levantada perto dele. No entanto, ele era tudo o que eu tinha naquele momento.

— Na verdade, não — murmurei. — Está no passado. Só quero ser eu mesma de novo.

— Lamento por não termos buscado você mais cedo — murmurou Marcus. — Você ficou à mercê daqueles idiotas por tempo demais.

— Você salvou a minha vida — relembrei a ele. — E foi um risco considerável para você e o restante da equipe de resgate. Só estou grata por ter chegado lá antes que eu morresse.

Marcus ergueu a mão até o meu rosto e encolhi-me de forma automática. Mas ele simplesmente acariciou minha pele machucada enquanto respondia: — Aqueles filhos da puta pagarão por todas as vezes em que encostaram em você, Danica. Eu juro.

Balancei a cabeça negativamente. — Duvido que eles sejam encontrados algum dia.

— Eles serão — contradisse Marcus. — Todos eles estão provavelmente mortos agora. Entramos em contato com o exército no momento em que saímos da área para que pudessem fazer um ataque aéreo no complexo. — Ele fez uma pausa. — Eles estão todos mortos. Isso ajuda?

Ajudava saber que meus atormentadores provavelmente não estavam mais vivos? Eu não sabia ao certo se fazia alguma diferença. — Não sei — respondi com sinceridade. — Eles ainda não estão mortos na minha mente, Marcus.

O toque dele foi gentil na minha pele machucada, e o cheiro e o calor dele eram inebriantes. Fingir que eu tinha Marcus para me proteger ajudou. Minha mente estava concentrada nele e na forma como ele fazia eu me sentir normal de novo.

— Você ficará segura, Dani. Ninguém mais vai machucar você — disse ele com um grunhido feroz.

Hesitantemente, passei os braços em volta do pescoço dele, estremecendo com o simples contato casual dos meus dedos na pele de Marcus. — Obrigada — sussurrei, sentindo meu olhar se perder nos olhos cinzentos dele.

Ele baixou a cabeça lentamente, dando-me tempo suficiente para evitá-lo, se desejasse. Mas eu *queria* que Marcus me tocasse. Eu *queria* me sentir viva.

O abraço foi gentil, um encontro persuasivo de bocas, com Marcus tentando tirar algo de mim que não conseguia com palavras.

Ele colocou os braços em volta de mim ao invadir minha boca, com as mãos descendo pelas minhas costas e parando no meu traseiro.

No segundo em que ele me puxou para a frente, com meu corpo seminu, eu me perdi na sensação de proteção, calor e ternura de seu beijo. A ereção dele pressionou minha barriga e entrei em pânico, esquecendo de tudo, exceto minha reação instintiva e visceral.

Minhas mãos foram para o peito dele e comecei a arranhá-lo para tirá-lo de perto de mim. Afastei os lábios dos dele, sem conseguir aguentar os *flashes* de lembranças que invadiram minha cabeça. — Não. Por favor. Não.

— Dani! — disse Marcus firmemente, sacudindo-me de leve. — O que diabos aconteceu? Abra os olhos.

Os comandos dele finalmente entraram no meu cérebro confuso e abri os olhos. Eu não percebera que os fechara para tentar afastar as lembranças, uma reação espontânea que só piorara a situação.

— Marcus? — O rosto dele estava bem ali, em frente ao meu.— Ai, meu Deus. Desculpe.

— Não se desculpe por algo que não foi culpa sua. Vou perguntar mais uma vez... você está bem?

As lágrimas escorreram pelo meu rosto quando olhei para ele. — Não — respondi. — Não acho que eu *esteja* bem. No momento, não tenho certeza se algum dia serei normal de novo. Eu me sinto uma prisioneira no meu corpo. Isso me assusta.

— Eu sei. As coisas vão melhorar. Mas não posso ajudar você se não quiser falar sobre o que aconteceu. — Ele hesitou, estudando meu rosto. — Você disse que não foi atacada sexualmente, mas acho que está mentindo.

Afastando-me com facilidade de Marcus, limpei as lágrimas do rosto. — É difícil falar sobre aquele período — respondi com sinceridade. — Fui degradada, surrada até não querer mais lutar. Mas eu não podia *não* tentar tirá-los de perto de mim. Não quero que *ninguém* saiba de tudo que aconteceu comigo. Não quero continuar a reviver aquilo.

Todas as emoções que eu tinha pareceram ter subido à superfície.

Continuei a falar, agora de costas para Marcus. — Foi como um pesadelo horrível do qual eu não conseguia escapar, mesmo enquanto estava acordada. Especialmente enquanto eu estava consciente e relativamente alerta. No começo, foram necessários vários homens para me segurar enquanto eu era estuprada. Depois de algum tempo, bastavam uns poucos. À medida que eu ficava mais fraca, era cada vez mais fácil me usar e torturar.

— Por que não me contou? — perguntou Marcus em tom ríspido, virando-me para que o encarasse novamente.

Minha fúria pareceu ser libertada. — Eu não queria contar a *ninguém*. Que diferença faria? Eles não vão enfrentar a justiça em um tribunal. Todos os meus irmãos iam querer matar os terroristas.

A expressão de Marcus foi de indignação. — Foda-se isso. Eu quero matá-los só por terem encostado em você. Acredite, se não estivessem mortos, eu mesmo faria o trabalho.

Abracei meu corpo para tentar me reconfortar. — Consegue guardar os meus segredos? — perguntei com a voz rouca. — Não existe motivo nenhum para que alguém saiba.

— Você precisará fazer terapia, Danica — retrucou Marcus. — Mas sim, consigo guardar os seus segredos. O que você diz às pessoas é decisão sua.

Sentei-me na cama, com os joelhos prontos a ceder por causa do medo. Eu queria conversar com alguém, mas não a minha família. Ele tinha razão. Eu provavelmente precisaria de terapia depois do que acontecera, mas não queria dividir isso com a minha família. Minha sensação de vergonha e humilhação era grande demais. Todos eles achavam que eu era louca por ir para tumultos e zonas de guerra. Eu não queria que eles soubessem de todas as consequências do meu trabalho. Isso só serviria para preocupá-los quando eu quisesse voltar a trabalhar.

Marcus tirou o casaco do terno e jogou-o sobre uma cômoda. Em seguida, sentou-se em uma cadeira perto da cama. — Estou escutando, Danica. Talvez não ache que eu seja um amigo, mas estou aqui para ajudar se precisar de mim.

Ele estava composto, parecendo pronto para ouvir sobre a minha experiência.

A dor.

O terror.

A repulsa e a humilhação que eu sentira quando fora estuprada e surrada com tanta frequência que não era possível saber quantas vezes acontecera. E que, quando os rebeldes terminavam com o meu corpo, como eu me perguntara se *aquela* seria a última vez.

Tentei engolir o nó na garganta quando olhei para a expressão indecifrável de Marcus. Sem ter certeza se conseguiria continuar olhando nos olhos dele enquanto despejava toda a minha experiência com os terroristas nele, estendi a mão e desliguei a luz do quarto. Em seguida, sentei-me de pernas cruzadas no meio da cama.

Talvez eu *não conseguisse* contar a Marcus *todos os detalhes* da minha experiência como prisioneira, mas sabia que precisava botar para fora parte da raiva e do medo.

Contente por não conseguir ver muito bem a expressão dele na luz fraca, comecei a falar...

Como prometido, Marcus ouviu, dizendo-me às vezes que sabia que a forma como eu me sentia era perfeitamente natural, considerando o que acontecera.

Quando o voo chegou ao fim, eu me recompusera e despedira-me rapidamente do homem que fora meu conforto e meu confidente antes de encontrar minha irmã em Washington, DC.

Demoraria um ano para que nos encontrássemos de novo e ele seria responsável por me roubar de outra pessoa mais uma vez, mas em circunstâncias muito *diferentes*...

Capítulo 1

Marcus

O Presente...

—O que diabos estou fazendo aqui? — resmunguei para mim mesmo irritado enquanto andava pela calçada horrível em uma das áreas mais perigosas de Miami.

A área era mal iluminada e a reputação do bairro em que eu andava era terrível. Eu não estivera em Miami havia algum tempo, mas sempre ficava pasmo ao ver que as áreas afluentes podiam terminar abruptamente e, alguns passos depois, eu terminaria em um lixão.

Não que eu me importasse. Eu deixara o carro com o motorista vários quarteirões para trás em uma área melhor. Meu motorista, George, era idoso e não precisava de coisa alguma que fizesse sua pressão arterial subir ainda mais. Além do mais, eu precisava muito espairecer com uma caminhada antes de me encontrar com Danica.

Eu não estava preocupado com a minha segurança. Sabia de pelo menos uma centena de formas de matar bandidos e tinha uma Glock carregada sob o casaco. Se alguém quisesse me enfrentar, eu faria com que se arrependesse de ter nascido. Na verdade, eu me tornara um lutador decente. Eu estava furioso.

Dani e eu estivéramos na mesma cidade algumas vezes na Europa, mas não tínhamos nos encontrado. Ok, talvez eu *a* tivesse visto, mas ela não *me* vira. Eu soubera que ela estava lá porque passara a ficar de olho nela e seguir os destinos a que seu trabalho a levava. Eu não ficara surpreso quando ela voltara a trabalhar logo depois de se recuperar fisicamente. Ela ainda ia a locais problemáticos no mundo inteiro. O único lugar em que eu *não* a vira fora o Oriente Médio.

Depois, alguns meses antes, parei de vê-la e não consegui obter muitas informações sobre onde ela ia atrás de histórias.

Agora, eu sabia o motivo.

Eu estivera em Seattle alguns dias antes e passara na casa de Jett Lawson para ver como estava sua recuperação. Apesar de fazer dois anos desde que Jett quase morrera em nossa última missão da OPR juntos, ele ainda precisava de cirurgias para resolver alguns dos ferimentos. A essas alturas, a maioria delas era apenas cosmética, feitas para cobrir algumas das cicatrizes. Infelizmente, graças à vadia da ex-noiva dele, parte da dor emocional de Jett não curaria tão cedo.

Mas a vida amorosa dele e a ex-futura esposa não tinham sido a preocupação do meu amigo quando fui visitá-lo. Os pensamentos de Jett tinham sido desviados para o novo namorado da irmã, Danica.

— Filho da puta! — xinguei com voz irritada ao me aproximar do quarteirão onde ficava o bar que eu procurava. — Como ela se misturou com um imbecil como Gregory Becker?

Becker era um idiota rico, mas era duvidoso quanto da riqueza dele era proveniente de negócios legítimos. Ele fora um suspeito da CIA por muito tempo, mas, até o momento, ninguém conseguira provas nem informações sólidas para indiciá-lo.

Parando sob um poste de luz fraca, peguei a fotografia que Jett me dera antes que eu saísse de Seattle, uma foto que fora tirada por um jornal local em Miami. Dani fora fotografada em cores ao lado de Becker. Ele tinha o braço em volta da cintura dela e os dois pareciam muito felizes em um evento de caridade para o qual o imbecil doara algumas semanas antes.

Houvera outras fotos e outros eventos em que Dani estivera ao lado de Becker. Quando Jett perguntara a Dani o que ela estava fazendo em Miami, e se realmente estava saindo com Becker, a resposta fora de que estavam saindo juntos e que não era muito sério. Pelo jeito, não importava o que Jett dissesse à irmã mais nova, ela se recusava a ouvir seus avisos sobre Becker. Provavelmente não havia um único homem de negócios rico sequer que não conhecesse a reputação de Gregory Becker. Rumores circulavam constantemente sobre o envolvimento dele em tráfico humano, venda de armas ilegais e muita droga. Ele também fornecia muito daquele dinheiro ilegal para tropas rebeldes na Síria. Essa informação em especial não era do conhecimento comum. Eu a descobrira pelas informações da CIA.

Como diabos Dani podia se misturar com alguém que financiava grupos rebeldes semelhantes àquele que a mantivera prisioneira, torturando-a sem parar?

Talvez Danica *não* estivesse mergulhada no mundo dos negócios internacionais, mas *tinha* que saber sobre Becker. Se não tivesse descoberto os segredos sujos dele antes, Jett certamente não poupara palavras ao contar a ela tudo sobre o novo cara em sua vida. *Merda! Ela não confiou nem mesmo no próprio irmão?*

A preocupação de Jett com a irmã me levara a Miami quando eu tinha outros lugares onde deveria estar. Eu continuava a repetir que não estava lá por mim, mas sabia que estava tentando me enganar. Por algum motivo, eu nunca conseguira me esquecer do olhar assombrado no rosto de Dani depois do resgate e a caminho dos Estados Unidos.

Tentar beijá-la no jatinho fora algo idiota. Mesmo agora, eu não sabia o que me possuíra para tocar nela. Mas, por algum motivo, não conseguira me conter.

Infelizmente, eu não soubera que ela sofrera estupro coletivo repetidamente. A forma como ela lutara contra mim e o fato de eu tê-la forçado a um estado de pânico completo deixara-me com uma sensação de culpa desde então.

No entanto, um momento antes, no instante em que ela confiara em mim, antes que as coisas saíssem do controle... a química que surgira entre nós também me assombrava.

Eu nem mesmo pretendia fingir que o que sentia por Dani fora fraternal e que estava lá apenas por Jett.

Estou aqui por mim mesmo, pois não consigo esquecer Dani.

Ora, por algum motivo, eu nem conseguira ficar com outra mulher desde que beijara Danica. Que merda era essa?

Não que eu tivesse *relacionamentos*, mas teria sido bom ter minha vida sexual saudável de volta. Um beijo e eu fora praticamente castrado. Eu não fizera esforço nenhum para dormir com uma mulher desde que sentira a suavidade sedosa da boca de Dani sob a minha. O desejo de fazer sexo desaparecera. Eu estava obcecado demais por *ela*.

Relembrei que eu não estava *atrás* de Dani nem de nenhum tipo de relacionamento. Só estava tentando salvá-la... de novo.

Senti os cabelos arrepiarem na nuca e afastei meus pensamentos distorcidos.

Guardei a fotografia no bolso e virei-me, já ciente de que estava sendo seguido.

Foi quase decepcionante o fato de que meu pretenso ladrão não fosse muito desafiador.

Ele tinha quatorze ou quinze anos e não chegava nem perto do meu peso ou da minha altura.

O garoto falou com uma voz que deveria ser ameaçadora, mas não foi. Não para mim. — Entregue a carteira ou enfiarei esta faca no seu coração, senhor.

Eu fora um alvo ambulante para roubo ou assalto, pois estava andando em uma área nada desejável de Miami tarde da noite vestindo um terno sob medida. Ainda assim, aquele delinquente era muito burro ou estava cheio de drogas se achava que eu simplesmente entregaria a carteira. — Não vai acontecer — retruquei irritado. — Agora, dê o fora, garoto.

Ele levantou o braço de forma ameaçadora, sacudindo a faca selvagemente. — Acha que sou um garoto? Mato pessoas como você todos os dias, cara — disse ele em tom arrogante.

Se eu risse, o que não fazia, provavelmente teria aberto um sorriso. Mas eu não demonstrava emoções... nunca. Porém, o jovem à minha frente era um tanto divertido. Ele me lembrava de um adolescente que assistira a muitos filmes ruins de gângsteres.

Estendi a mão e, em uma fração de segundo, agarrei o pulso dele, apertando um nervo no antebraço até que ele foi forçado a soltar a faca, que caiu na calçada com um barulho alto de metal contra o cimento. Empurrei-o com a face contra o metal frio do poste e a Glock que mantivera escondida encostada na têmpora dele.

— Está doendo — disse o garoto em tom nervoso.

Cheguei mais perto dele e disse em seu ouvido: — Uma bala na sua cabeça doeria muito mais. Vá para casa, largue as drogas e pare de roubar das pessoas para custear seu vício.

— Eu moro em um orfanato — protestou ele com ansiedade na voz quando empurrei o cano da arma com um pouco mais de força, torcendo para que ficasse muito assustado.

— Então você tem muita sorte de ter um teto sobre a sua cabeça — rosnei. — Aproveite-o e pare de ser um escrotinho. Continue assim e acabará morto antes mesmo de ter idade para beber.

Eu o soltei, mas coloquei o pé sobre a faca no chão antes que ele conseguisse pegá-la. — Eu disse para ir para casa — adverti em tom irritado.

— Quem diabos é você? Nunca vi você por aqui — perguntou o garoto em tom hesitante.

— Alguém que você não quer enfrentar — respondi em tom vago.

O delinquente se virou e correu até ficar fora das minhas vistas. Chutei a faca para dentro dos arbustos na calçada, caso ele resolvesse voltar para buscá-la. Eu não deixaria que ela fosse fácil de encontrar.

O garoto era um valentão, coisa que eu odiava. Provavelmente deveria ter chamado a polícia e deixado que o prendessem, mas eu tinha coisas mais importantes com que me preocupar. E, apesar de provavelmente ser um desejo inútil, talvez o delinquente tomasse jeito na vida um dia.

O problema era que ele obviamente era viciado em alguma coisa. Não era difícil perceber o desespero de um viciado. *Puta merda!* Eu odiava ver um garoto tão jovem já viciado em drogas.

Guardando a arma no coldre escondido, fechei o casaco. O garoto podia ser um delinquente juvenil, mas eu não atiraria em um cara que provavelmente nem tinha idade para votar. Minha única finalidade fora assustá-lo ao máximo.

Passei a mão no casaco para limpá-lo, pois era um dos meus favoritos. Em seguida, continuei a andar até o fim do quarteirão e ao meu destino.

Quando cheguei, percebi que o bar era basicamente um pé-sujo, com a placa de neon na janela piscando como luzes de uma árvore de Natal.

— Nossa, cheio de classe — resmunguei, sem conseguir ver Dani naquele lugar.

No entanto, *era* ali que ela se encontraria com Becker. *Este boteco sujo foi o melhor que o imbecil achou?* Danica era uma Lawson, pelo amor de Deus, uma mulher que tinha mais dinheiro do que jamais conseguiria gastar. E era *ali* que os dois pombinhos se encontrariam?

Jett me dissera onde a irmã iria à noite. Perguntei-me se ele sabia que era um antro para prostitutas e traficantes de drogas.

Provavelmente... não. Meu amigo provavelmente ficaria furioso se soubesse que a irmã mais nova frequentava aquele lugar.

Balancei a cabeça ao espiar pela janela da frente. Se Jett *tivesse* sabido, estaria lá, mesmo que estivesse se recuperando do último procedimento. O irmão de Dani teria um ataque do coração se soubesse que ela colocara os pés naquele bairro e naquele bar de merda.

Meu olhar percorreu a área geral do barzinho pela janela grande e muito suja da frente. Não vi Becker, mas finalmente vi uma mulher sozinha no bar. A cor dos cabelos a denunciou. Os cachos vermelhos agora estavam longos o suficiente para chegar aos ombros.

Fiz uma careta ao notar a minissaia de couro preto que ela vestia e a camiseta verde curta que mal cobria os seios. As sandálias pretas de salto alto estavam apoiadas no banco redondo e ela bebia lentamente um coquetel que tinha creme no topo.

— O que diabos você está fazendo, Danica? Este lugar certamente não é para você — falei baixinho com a voz irritada.

As roupas, o local, o namorado... tudo estava errado. A Danica que eu conhecia não queria nada além de perseguir uma história que achava que deveria ser contada. Ela sempre vestia camiseta e calça *jeans* porque era mais fácil ao ir atrás da história.

Ela não usava toneladas de maquiagem, como agora.

Ela não precisava disso.

Nunca precisara.

Dani Lawson era deslumbrante sem maquiagem e com os cabelos da cor que quisesse pintar.

Meus instintos protetores emergiram, emoções que eu não queria, mas que não parecia conseguir conter.

Diferentemente de Jett, minha obsessão por ficar de olho em Danica estava longe de ser platônica, apesar de eu nunca ter ido para a cama com ela.

Como sempre, meu pênis estava rígido só de olhar Dani sentada no bar. Ela era minha única fraqueza, além da minha família, e eu tinha um relacionamento de amor e ódio com a Lawson mais jovem por causa disso.

Se eu quisesse ser sincero comigo mesmo, o que não queria, sentira atração por Dani praticamente desde o primeiro momento em que a conhecera. Talvez fosse por isso que estávamos sempre brigando antes de eu resgatá-la no Oriente Médio. Sim, ela *estivera* sob a falsa impressão de que eu partira o coração da irmã mais velha dela. Ou talvez fosse porque eu era geralmente um escroto e ela não tinha problemas em se defender. Era a única mulher que nunca tivera problemas em me enfrentar se eu a deixasse furiosa. E ela até debochara de mim uma vez.

Eu certamente não gostara daquilo, mas admirei-a relutantemente pela atitude esperta.

Eu ainda me lembrava das histórias que ela contara sobre o tempo no cativeiro durante a viagem de volta da Turquia para os EUA. Na época, ela fora diferente da mulher que eu conhecera anteriormente. A vulnerabilidade dela praticamente me destruíra, pois eu sabia como ela fora antes de ser sequestrada.

Cerrei os punhos de raiva ao me lembrar dos olhos expressivos em pânico e não sabia como ela conseguira sobreviver à tortura emocional e física.

Observei a área do lado de fora do bar só para ter certeza de que Becker não estava chegando para se encontrar com Danica. Não que eu me importasse, mas queria estar preparado se encontrasse mais resistência do que apenas de Danica quando entrasse para tirá-la daquele lugar.

Eu prometera a Jett que afastaria a irmã dele do perigo e aquele lugar fedia a coisas ruins. Dani não pertencia àquele bar e as merdas que Becker dizia a ela precisavam acabar naquele momento.

Quando me aproximei da porta de vidro, vi um cliente bêbado andando ao lado do bar, usando a superfície estável para se manter de pé.

— Não encoste nela. Não toque nela, caralho — rosnei ao abrir completamente a porta.

O grito de alarme de Danica soou pelo ar rançoso do bar no momento em que entrei.

Havia uma mão masculina no traseiro de Dani que não era minha. E qualquer um que a tocasse *lá* que *não* fosse eu era algo completamente inaceitável. O homem bêbado tinha o dobro do tamanho dela e, quando seus dedos se fecharam no pulso dela para tirá-la do banco, perdi totalmente o controle. Era algo que nunca acontecera comigo. Porém, ao avançar, foi uma sensação maravilhosa bater com o punho no rosto dele e observá-lo cair no chão sujo com um barulho satisfatório.

Capítulo 2

Dani

Eu odiava aquele bar.

Odiava aquela área.

Odiava as roupas de prostituta que vestia.

E eu *realmente* odiava o coquetel doce que bebia.

No entanto, eu também queria ver Greg Becker e sabia que ele apareceria ali em algum momento. Ele normalmente se atrasava para praticamente qualquer coisa e eu sabia que teria que ser paciente.

— Ei, garota — disse um homem alto bêbado ao cambalear pelo bar. — Uma coisinha tão doce como você não deveria estar sozinha. Quanto é?

Minha pele ficou arrepiada quando a mão do cara apertou minha nádega por cima da minissaia de couro e o rosto dele chegou tão perto do meu que consegui sentir o hálito podre.

Eu deveria esperar que me fizessem propostas. Estou em um bar onde a maioria das mulheres é prostituta. É aqui que eles vêm atrás de garotas de programa.

Mesmo assim, soltei um grito quando minha nádega foi apertada com mais força ainda.

— Não estou à venda — disse eu com voz ameaçadora, pronta para tirar as mãos dele do meu corpo à força. Ele estava tão bêbado que provavelmente cairia se não tivesse onde se apoiar.

Não tive a oportunidade de testar minha teoria e afastar a mão dele. Um punho muito grande bateu no rosto do bêbado, que caiu como uma pilha de tijolos.

Virei a cabeça para a esquerda para ver quem me resgatara.

E olhei novamente.

Marcus? O que diabos ele estava fazendo ali?

— Vamos — resmungou ele ao pegar minha mão e puxar-me desajeitadamente para fora do banco.

Cambaleei sobre o homem inconsciente aos meus pés, mal evitando colocar o salto na virilha dele. — Não posso ir embora. Vou encontrar alguém — protestei.

— Não vai mais — respondeu ele com voz séria.

Eu já estava do lado de fora da porta quando firmei os pés no chão, tentando soltar minha mão. Marcus era absurdamente forte e eu seria compelida a continuar andando se ele continuasse arrastando-me. — O que está fazendo aqui? — perguntei sem fôlego, fazendo com que ele parasse temporariamente, mas ainda sem conseguir soltar minha mão.

— Levando você de volta a um lugar a que pertence.

— *Aqui* é o meu lugar. Tenho um encontro, Marcus. Não posso simplesmente ir embora. Preciso ver Greg.

— Nada do que Jett lhe disse entrou na sua cabeça? — retrucou Marcus furioso. — Becker é um escroto e um maldito criminoso.

— Eu ouvi Jett. Só não concordei — respondi. — Tenho idade suficiente para decidir com quem quero sair, pelo amor de Deus.

— Não quando está fazendo escolhas erradas — respondeu ele com a voz rígida.

Eu amava e odiava a voz arrogante dele. O tom, a confiança e as inflexões sérias no tom barítono profundo eram inteiramente de Marcus Colter, mas as coisas que ele disse me deixaram muito irritada.

Puxei minha mão novamente com mais força, mas não consegui me soltar. Marcus apertava minha mão com muita firmeza, mas não estava machucando-me. — E quem é você para decidir se minhas escolhas são certas ou erradas?

— Elas são erradas — retrucou ele em tom direto. — Vamos.

Eu teria que cambalear atrás dele ou cair de cara no asfalto. Como era uma sobrevivente, eu o segui.

Xinguei a mim mesma por contar tanta coisa ao meu irmão, Jett. Ele obviamente mandara Marcus àquele lugar porque desaprovava meu relacionamento com Becker. Eu não esperara isso, nem queria que acontecesse.

— Marcus, preciso voltar — argumentei. — Greg chegará ao bar a qualquer minuto.

— Ele é dono daquela espelunca? — perguntou ele sem diminuir o ritmo.

— Não é tão ruim assim — menti. — É um lugar amigável.

— É. Uma grande família de criminosos e prostitutas — retrucou ele.

— Nem todo mundo nasce rico — disse eu enquanto tentava acompanhar os passos largos dele.

— Não. Mas Becker é rico. O imbecil não precisa que você o encontre aqui e poderia mantê-la fora de seus empreendimentos desonestos.

Fiquei em silêncio por um momento antes de perguntar: — O que o faz achar que ele é desonesto?

Ele reduziu o passo um pouco ao se virar para mim e fazer uma careta. — Pelo jeito, você é a única que *não* sabe que ele é um vigarista e um traidor do próprio país.

Ignorei as acusações dele. — Pare. Por favor. Preciso voltar.

— Vamos dar o fora daqui e, depois, você vai me dizer exatamente como acabou junto com ele, para começo de conversa.

— Não posso ir com você. — Comecei a lutar com força para me soltar de Marcus. Torci o braço, esperando que ele fosse forçado a soltar minha mão.

— Pare. Você vai se machucar — exigiu ele.

— Não vou com você — retruquei.

— Vai sim — insistiu ele.

Um gritinho saiu da minha boca quando Marcus se inclinou, ergueu meu corpo e jogou-me sobre o ombro.

Bati nas costas dele, quase certa de que minha bunda aparecia sob a minissaia que vestia. — Coloque-me no chão — disse eu, agora furiosa por ele estar carregando-me como se fosse um homem das cavernas.

Com o corpo forte aguentando meu peso sem esforço, ele andou a passos largos que devoraram a distância rapidamente, ignorando meus protestos. A única coisa que eu conseguia ver, a não ser que forçasse o pescoço, era a parte de trás do casaco dele.

Merda! Isso não poderia acontecer. Eu *tinha* que estar no bar!

— Olá, George. Estamos prontos para voltar para o apartamento — ouvi Marcus dizer para alguém que não consegui ver.

— Sim, senhor — respondeu o outro homem, obviamente chamado George. A voz dele não denunciou alarme algum pelo fato de seu chefe ter voltado para o veículo carregando uma mulher sobre o ombro.

— Uuuff! — O ar foi forçado para fora dos meus pulmões quando minhas costas bateram no couro macio do assento do carro. Minha cabeça girava enquanto eu tentava me recompor, subitamente com a cabeça para cima novamente depois de ter sido carregada de pernas para o ar.

Marcus entrou pela outra porta do carro, ocupando o lugar vazio no banco traseiro ao meu lado.

Antes que minha mente clareasse, o carro já estava em movimento.

— Merda! — xinguei, tirando os cabelos do rosto enquanto me endireitava no banco. — Você percebe que praticamente me sequestrou?

— Você não me deu muitas opções — respondeu Marcus em tom direto.

Respirei fundo e soltei o ar lentamente, tentando acalmar meus nervos. — Você tinha uma opção. Poderia ter me deixado em paz.

Sou uma mulher adulta. Viajei o mundo sozinha. Consigo fazer minhas próprias escolhas.

Eu ainda não sabia por que Marcus estava em Miami e no bar de Greg. O único motivo em que eu conseguia pensar era meu irmão.

— Jett estava preocupado — confirmou ele.

Eu suspirei. A última coisa que eu queria era deixar meu irmão mais novo chateado. Jett passara por muita coisa e merecia um pouco de paz. — Ele não precisa se preocupar. Sou adulta. Sou adulta há alguns anos.

— Por que está aqui, Danica? O que aconteceu com a sua carreira? Há meses que você não sai dos Estados Unidos — perguntou ele com voz grave.

Não menti para ele. — Eu precisava de um tempo. Os lugares onde realmente preciso estar... eu não podia ir neste momento.

Depois do que acontecera comigo, eu precisara de terapia e ainda não terminara. Eu não conseguiria voltar a trabalhar no Oriente Médio sem medo e aquela área sempre fora o meu forte. Era um medo que eu não conseguira superar, portanto, finalmente pedira demissão da rede e resolvera trabalhar como jornalista independente. Minha irmã, Harper, achara que eu estava forçando demais ao voltar a trabalhar. Talvez ela estivesse parcialmente certa, mas o sequestro me mudara de forma irrevogável. Eu *nunca* seria a mesma mulher que fora antes de ficar em cativeiro.

— Você deveria tirar o tempo que precisar. Ninguém esperava que voltasse a trabalhar tão cedo.

— Eu queria a distração. Não podia ficar sozinha com os meus pensamentos — admiti. — Mas não consegui. Não sou mais a mesma pessoa e não sei exatamente quem sou.

Marcus falou com a voz rouca no interior escuro do carro: — Você ainda é a mesma, Dani. Por dentro, você não mudou. Só está vendo o mundo à sua volta de forma diferente.

Recostei a cabeça no banco, perguntando-me se o que Marcus dissera era verdade. Talvez eu não tivesse mudado. Talvez ele tivesse razão. Talvez eu simplesmente não conseguisse ver o mundo com a mesma inocência de antes. — Espero que sim — respondi.

— Você não encontrará o que precisa com Gregory Becker — advertiu ele.

— Ainda não sei — respondi firmemente. — Nem o conheço tão bem ainda.

— Você não precisa conhecê-lo ainda mais — retrucou Marcus.

— Você não entende — disse eu com a voz trêmula.

— Então, por favor, explique — sugeriu ele secamente. — Porque não consigo ver o apelo de alguém como ele. — Ele hesitou antes de perguntar: — Você trepou com ele?

— O quê? — Não tive certeza se tinha ouvido corretamente.

— Você. Trepou. Com. Ele? — A voz dele estava rouca e sombria.

— Não! — A palavra saiu da minha boca sem censurar minha resposta. — Não que seja da sua conta com quem eu durmo — acrescentei.

— Pois agora é da minha conta.

— Por causa de Jett — adivinhei.

— Não. Porque arrisquei vidas para salvar sua pele. Não fiz isso para que pudesse jogar sua vida no lixo com um escroque como Gregory Becker.

— É a *minha* vida — disse eu irritada. Marcus tornava tudo mais difícil.

— Termine com ele — ordenou Marcus. — Quer mesmo se casar com um homem como ele? Meu Deus, Dani, ele é um criminoso. Só não foi pego ainda. Mas será. E você será pega no meio da confusão toda ou morta por causa dos inimigos dele. Ele não liga para você. Se ligasse, não teria pedido que o esperasse em um bar cheio de bêbados e prostitutas.

— Não vou me casar com ele — retruquei com raiva. — Só estamos saindo juntos. Mais nada.

— Chega de sair com ele. Chega de encontrar com ele nesse bar. Chega de tudo. Diga a ele que perdeu o interesse e siga em frente — rosnou Marcus.

— Pare! — gritei subitamente para o motorista. Surpreendentemente, ele parou a limusine.

— O que está fazendo, Danica? — Marcus estendeu a mão e segurou meu pulso.

Afastei a mão dele. — Estou em casa. Meu apartamento fica no prédio logo ali atrás.

— Eu não sabia que você tinha um apartamento aqui.

— Eu também não sabia que você tinha — disse eu ao abrir a porta do carro. — Mas, pelo jeito, você tem.

Meu bairro era bem iluminado, mas eu ainda não consegui ver a expressão de Marcus quando ele se recostou no banco. — Meu apartamento é aqui perto, portanto, estarei por aí. Esta é uma área decente. Só fique fora da área de Becker.

Fechei a porta sem responder e subi a escada do meu prédio o mais depressa que meus saltos altos me permitiam.

Marcus não saiu do carro, mas não foi embora até que eu estivesse dentro do prédio.

Quando cheguei ao meu apartamento e olhei pela janela, Marcus fora embora.

Marcus

— Desde quando Danica tem um apartamento aqui em Miami? — perguntei a Jett, usando o viva-voz do celular para que as mãos ficassem livres e eu pudesse tirar a gravata.

A minha cobertura de luxo tinha paredes de janelas, com vistas espetaculares da praia durante o dia. Mas, como era noite, havia todas as possibilidades de que algum vizinho pudesse me ver tirando a roupa. Não que eu me importasse.

Era verão e estava muito quente e úmido no sul da Flórida. Eu queria tirar as roupas sujas. Admiti, de má vontade, que também precisava dar uma folga ao meu pobre pênis. Eu estivera de pau duro desde o momento em que vira Danica com aquela minissaia de couro apertada e a camiseta curta. Infelizmente, eu não conseguira tirar aquela imagem da mente desde que ela saíra da limusine com o traseiro praticamente à vista.

— Na verdade, ela e Harper são donas do apartamento — informou Jett. — As duas adoram a praia.

Tirei a gravata e joguei-a sobre uma cadeira. — Ela está no apartamento dela agora — disse eu, começando a abrir os botões da camisa. — Mas não sei se ela ficará lá. Não consigo entender o que há de tão atraente em Becker.

— Não sei — comentou Jett. — Só sei que Dani está diferente desde que voltou do sequestro.

— Diferente como?

— Pode parecer estranho, mas ela parece... triste. Ela sempre se divertia muito mais do que nós. Agora, nem a vejo sorrir mais.

Pensando bem, eu também não a vira sorrir. Sim, nós dois estivéramos trabalhando quando nos encontramos no passado, mas isso não a impedira de sorrir e rir. Ela sempre fora alegre, mas parecia mais uma sombra daquela mulher agora. Não que ainda não fosse petulante, mas parecia mais dura. — Ela ia mudar, Jett. Não há como passar por uma experiência como a de Danica sem virar uma pessoa diferente.

Eu não disse a ele que Dani já me explicara que se *sentia* diferente, que não tinha mais certeza de quem era.

Por algum motivo, isso me incomodava. Danica *era* a mesma pessoa por dentro, mas parecia incrivelmente... desconfiada. Ela via o mundo como um lugar diferente, muito mais assustador. Apesar de eu entender por que ela se sentia assim, odiei o fato de que Danica não conseguia mais olhar para os lugares e as pessoas com a mesma curiosidade de antes.

Apesar de ela ter uma língua afiada, a inocência que tivera desaparecera e eu lamentava essa perda. Isso me fazia sentir ainda mais protetor e determinado a garantir que ela recuperasse a sensação de deslumbramento que fora uma parte muito importante dela.

— Talvez tudo o que ouvimos falar de Becker seja apenas rumores — contemplou Jett em voz alta. — E se ele for mesmo um cara decente? Eu me sentiria um escroto se tentasse afastar de Dani alguém de quem ela gosta se o único crime dele for ser alvo de rumores.

Depois de abrir o último botão da camisa, eu a tirei e joguei-a sobre a mesma cadeira onde estava a gravata.

O que diabos eu poderia dizer a Jett? Ninguém, exceto a minha família, sabia que eu trabalhava como agente especial da CIA. Eu *não podia* explicar que a agência estivera tentando obter informações sobre Becker havia anos e que, um dia, conseguiriam o que fosse necessário para prendê-lo. Ele era o pior dos piores, um cara que ficara rico transformando as pessoas em viciadas e prostitutas, e nem sempre por escolha delas. Eu tinha certeza de que as suspeitas de que Becker financiava terroristas era verdade. Só não tínhamos conseguido ainda as informações que o ligassem sem dúvida alguma aos rebeldes.

— Sem chance — respondi finalmente. — Ele é um escroto.

— Detesto ser um idiota — disse Jett em tom frustrado. — Eu gostaria de estar aí com você agora. Mas tenho outra cirurgia amanhã. Todo esse trabalho para tentar me deixar apresentável de novo. Sei que algumas dessas marcas nunca curarão e provavelmente sempre vou mancar quando estiver cansado.

Quase consegui ouvir a irritação dele pela ligação e, como sempre, senti-me muito culpado. — Eu queria não ter levado você para a OPR.

— Eu não me arrependo, Marcus. Fizemos muitas coisas boas, salvamos muitas vidas. E, no fim, não acabei casado com uma mulher que só queria o meu dinheiro. Mas nem mesmo *ela* conseguiu tolerar meus ferimentos, mesmo que fosse ficar muito rica.

Eu me encolhi ao sair de cima da calça, jogá-la na cadeira e sentar em um sofá de couro branco vestindo apenas a cueca. — Você escapou por sorte — concordei. — Mas eu me sinto um merda por ter colocado você na OPR. A operação era minha.

Jett estivera no lugar errado na hora errada. Quando o helicóptero caíra, todos os que estavam no lado que bateu no chão tiveram ferimentos de esmagamento por causa dos equipamentos pesados e outros suprimentos que caíram em cima deles. Jett fora o mais atingido. Ele estivera no lado errado *e* na área errada. Eu só tivera ferimentos leves, algo que me fazia sentir culpado ao ver que alguns membros da equipe tinham ferimentos muito mais graves. Os outros tinham se recuperado, mas Jett nunca mais seria o mesmo, o que me devorava por dentro.

Por algum tempo, os ferimentos internos dele tinham sido tão graves que ninguém sabia se ele sobreviveria. Quando percebemos que sim, descobrimos que isso demandaria desafios. Eles tinham consertado meu amigo e membro da equipe, mas a perna dele nunca mais seria a mesma e ele tinha muitas cicatrizes.

— Eu não faria nada de forma diferente, mesmo se pudesse — respondeu Jett, pensativo. — Além do mais, você precisava de mim. Sou o melhor cara de inteligência em tecnologia que você conseguiria.

Soltei uma risada, o que era incomum para mim, mas sabia que ele estava dizendo a verdade. Eu devia muitas missões bem-sucedidas da OPR a Jett. Ele era um gênio em se tratando de tecnologia de internet e programação.

Eu me levantei e fui até a geladeira para pegar uma cerveja, abrindo-a ao responder: — Nisso você tem razão. Não existe ninguém melhor na área.

— É isso aí — comentou Jett.

— No que está trabalhando agora? — perguntei com curiosidade.

— Nada demais — respondeu ele com tom sombrio. — Não tive muito tempo. Mas os projetos atuais para a empresa estão progredindo bem.

Jett tinha uma empresa enorme de tecnologia de computadores e segurança cibernética, e trabalhava em vários projetos ao mesmo tempo. Por sorte, a profissão dele era algo que podia fazer de casa, em Seattle.

— Preocupe-se só com a recuperação — disse eu. — Acho que você é rico o suficiente.

— Não tanto quanto você — protestou ele. — De qualquer forma, minha questão nunca foi o dinheiro.

Os pais de Jett tinham falecido em um acidente de carro, deixando todos os filhos com bilhões de dólares, semelhante ao que acontecera com o meu pai. — Mas você faz o que ama — retruquei.

— E você não faz o que ama, Marcus?

Tomei um gole da cerveja antes de voltar para o sofá. Eu não me importava em administrar o conglomerado multinacional do meu pai, mas não podia dizer que era minha paixão. — Não tive muitas opções. Quando meu pai morreu, eu tive que assumir o lugar dele assim que possível. Eu era o mais velho.

Depois de perdermos nosso pai, eu me sentira compelido a cuidar do legado dele. Infelizmente, quando tive idade suficiente, lidar com o conglomerado dele não podia ser feito sem muitas viagens. Havia gerência no lugar até que eu terminasse de estudar, mas a empresa não fora tão sólida como quando meu pai estava vivo. Portanto, viajei, garantindo que tudo fosse feito do jeito certo e lidando eu mesmo com todos os problemas.

Exceto que, às vezes, eu achava que, ao agir certo com a empresa, perdera um pouco do contato com a minha família. Estando longe por tanto tempo, havia muitas coisas que tinha perdido. Chloe estivera em um relacionamento abusivo e eu só descobrira depois que ela saíra dele. Lentamente, afastei-me do meu irmão gêmeo, Blake, que agora era senador dos Estados Unidos. Tate e Zane também tinham passado por tempos difíceis e, novamente, eu não estivera lá para apoiá-los.

A verdade era que eu sentia muita falta deles, mas, por estar ausente por tanto tempo, não sabia como voltar à vida deles. Considerando meu trabalho com a CIA, talvez fosse melhor assim.

— Bem, não é como se você não tivesse tempo para ir atrás do que quer — respondeu Jett finalmente.

Naquele momento, a única coisa da qual eu *queria* ir atrás era a bela e teimosa irmã ruiva dele. Mas não podia dizer isso a ele.

— Pois é — concordei sem me comprometer. — Ficarei aqui por mais alguns dias e de olho em Dani. Quero ter certeza de que ela não vai voltar para Becker.

Jett ficou quieto por um momento antes de dizer: — Você sabe que, se ela fizer isso, não há muito o que possamos fazer, exceto sequestrá-la. Quero protegê-la, mas ela merece seu espaço. Se ela o quer, não tenho como impedi-la.

— Eu *vou* impedi-la — resmunguei, sem dizer a ele que, tecnicamente, eu já sequestrara Danica. — Ela acabaria com a própria vida se terminasse com Becker. Em algum momento, ele vai cair.

— Você está bem, Marcus? — perguntou Jett com cautela.

— Sim. Por quê?

— Acho que nunca vi você levar uma questão pessoal tão a sério.

— Só estou tentando ajudar — respondi, sentindo-me desconfortável.

Ele tinha razão. Muito raramente, eu pensava em questões pessoais que não envolvessem meus negócios ou a CIA.

Ela era minha perdição em se tratando de ser emocionalmente distante. Danica passara por tanta coisa, sem falar que eu tinha algum tipo de possessividade animal e estranha em relação a ela que não conseguia explicar nem entender. Por muito tempo, tudo o que eu quisera fora tê-la nua e prendê-la contra a parede enquanto preenchíamos um ao outro. E eu tinha certeza de que demoraria muito tempo para me livrar da vontade primitiva de tornar Danica minha. Queria ouvi-la gritar que pertencia a mim enquanto eu investia repetidamente em seu calor apertado.

Porém, depois que ela compartilhara parte da dor que tivera que aguentar durante o confinamento com os rebeles, o que eu mais queria era garantir que nunca mais sofresse.

— Dê-me notícias — pediu Jett. — E obrigado, cara, devo uma a você.

Encerramos a ligação e eu me levantei, inquieto por estar com assuntos não resolvidos pela primeira vez que conseguia me lembrar. Eu pedira a um dos meus principais executivos que cuidasse de tudo durante a minha viagem e fora para a Flórida especificamente para dizer a Dani que ela não podia continuar saindo com Becker.

Alguma coisa não está certa. Consigo sentir.

Meu cérebro, sempre lógico, dizia que ela não tinha como querer Gregory Becker. Dani era inteligente demais para terminar com um homem como ele. E, não só isso, ela era repórter, uma mulher que conseguia ler as pessoas extremamente bem.

Enquanto isso, minha resposta irracional, primitiva e carnal queria tirar Dani completamente do caminho do perigo de forma imediata.

Eu queria poder dizer que minha mente lógica procuraria respostas, mas receei que, pela primeira vez na vida, talvez não conseguisse ignorar completamente as emoções.

Dani

No dia seguinte, tive que inventar uma desculpa para Greg para explicar por que não estivera no bar para encontrá-lo. Eu queria muito que ele confiasse em mim, portanto, deixá-lo na mão daquele jeito não era exatamente um passo adiante em nosso relacionamento.

Felizmente, ele aceitara o fato de que eu não estivera me sentindo bem e pegara no sono. A parte ruim foi que ele queria ir até o meu apartamento para ter certeza de que eu estava sentindo-me melhor.

Ele acha que estou doente. Provavelmente não ficará muito tempo.

Vesti um vestido amarelo casual e coloquei um pouco de maquiagem. Deixei soltos os cabelos que mal chegavam à altura dos ombros. Por algum motivo, o estilo parecia combinar bem com o ruivo natural.

O telefone tocou e corri até a mesinha da sala de estar para tirar o celular da tomada e atendê-lo antes que caísse na caixa postal. — Alô — respondi. Eu não vira quem estava telefonando e achei que seria Greg dizendo que chegaria atrasado ou cancelando a visita.

— Dani? — perguntou uma voz feminina em pânico e nervosa.

— Ruby? O que foi? O que aconteceu? — perguntei apressada.

Eu falava com a minha amiga todos os dias. Depois de uma infância e uma adolescência de abuso, ela acabara fugindo de casa e chegara a Miami aos dezoito anos. Ela ficara lá sem um teto para morar por quase quatro anos, um fato que eu só descobrira quando ela fora recolhida da rua logo depois de nos encontrarmos, cerca de um ou dois meses antes. Agora, ela morava em um quarto de hotel horrível, mas tudo que dizia respeito ao arranjo que a tirara das ruas me preocupava.

— O cara que me resgatou disse que devo a ele. Não foi o que achei que seria, Dani. Eles me prometeram um emprego e isso não aconteceu. Agora, eles estão dizendo que devo dinheiro pelo teto sobre a minha cabeça e pela comida. Como não tenho dinheiro para pagar a eles, querem que eu faça uma espécie de leilão pelos meus serviços.

Meu estômago se revirou quando pensei no tipo de leilão de que Ruby participaria. — Eles disseram que tipo de leilão?

— E-les n-não d-disseram — gaguejou ela. — Mas a mulher que me traz comida perguntou se eu era virgem e admiti que sim. No começo, achei que seria algum tipo de governanta ou algo parecido. Mas estou começando a achar que querem que eu venda meu corpo, já que é a única coisa que tenho a oferecer.

Respirei fundo e soltei o ar devagar. Eu tinha certeza de que quem a resgatara tivera a intenção de lucrar de alguma forma ao ajudar Ruby. Era uma situação perfeita para tráfico e pessoas. — Eles disseram quando? — perguntei, tentando não soar tão preocupada como me sentia.

— N-não. Acho que eles querem que eu ganhe um pouco de peso antes. Dani, estou com muito medo. Sei que agora tenho um lugar para ficar e comida, mas quase queria estar sem teto de novo. Estou afogada em dívidas com essas pessoas e tenho que pagá-las.

Eu queria desesperadamente levar Ruby para o meu apartamento e garantir que ninguém mais a machucasse de novo. Mas eu tinha alguns motivos pelos quais isso não seria possível no momento. — Aguente firme. Prometo que vou tirar você daí antes que alguma coisa aconteça.

— Eu me meti em uma situação péssima, não é? — perguntou ela.

— Sim, mas não é culpa sua. Essas pessoas não estão tirando mulheres e crianças das ruas para ajudá-las. Acho que são traficantes de pessoas. — Estremeci ao pensar em quantas outras mulheres tinham sido vítimas da "bondade" deles.

— Não sei o que fazer. Eles disseram que se eu tentar sair sem pagar minha dívida, vão me encontrar — choramingou ela.

— Vamos cuidar disso. Fique forte, Ruby. Pergunte a eles quanto você deve.

— Não importa quanto, não tenho como pagar sem um emprego — respondeu ela em tom direto.

— Eu sei que não me conhece tão bem assim, mas consegue confiar em mim? — perguntei desesperadamente.

Ruby hesitou por um momento e respondeu: — É difícil para mim confiar em qualquer pessoa — disse ela com sinceridade. — Mas vou tentar. Você já me ajudou muito sendo amiga. Não tenho mais tanto medo agora que sei que alguém sabe e importa-se comigo.

— Vou tirar você daí — prometi. — Só continue a me dizer o que está acontecendo quando puder fazer isso em segurança.

— Pode deixar. Obrigada.

Meu coração ficou partido ao ouvi-la tão triste e assustada. Mas ela nunca tivera nada pelo que ser feliz. Os vinte e dois anos de vida tinham sido muito duros com ela.

Terminamos a ligação, mas minhas entranhas ainda se contorciam quando desliguei o telefone. Eu estava um desastre desde que vira Marcus no bar de Greg. Nosso encontro fora inquietante, especialmente quando percebi que só de vê-lo novamente fora o suficiente para me lembrar de todos os sonhos eróticos que tivera com ele.

E eram demais para contar.

Eu estivera muito confusa e machucada depois que Marcus me resgatara. Porém, a atração misteriosa que eu sentia por ele estava tão presente como quando Marcus arriscara a vida para me tirar da Síria. Sinceramente, eu me sentira atraída por ele praticamente desde que o conhecera. A dificuldade era que agora eu sabia exatamente o que sentia. Eu estava incrivelmente atraída por Marcus e não tinha ideia de como reprimir isso.

A química sempre estivera lá, mas eu não conseguira reconhecer o desejo logo depois de escapar dos sequestradores. Mas eu fizera muita terapia para me ajudar a ir em frente depois daquela experiência horrorosa e conseguia agora admitir que algo em Marcus me deixava completamente louca. Ele era muito gostoso, portanto, querer que me prendesse contra a parede para me satisfazer não era nada surpreendente. Talvez fossem todas as outras emoções que pareciam se entrelaçar com meu desejo apaixonado de fazer sexo com ele que me deixassem abalada.

Eu admirava o que ele fizera com a OPR, apesar de meu irmão ter sido ferido em uma das missões. Marcus sempre parecera ter tudo sob controle de uma forma que eu nunca vira antes. Ele ficara arrogante e mandão comigo, mas ainda havia algum tipo de nervos de aço que parecia carregar com tanta facilidade como outros homens carregavam um celular. Eu o vira em muitos locais perigosos, mas ele nunca parecera estar ciente do perigo de estar neles. Ora, eu não sabia se algum dia vira uma ruga no terno sob medida dele quando estava fazendo negócios em todas as áreas do mundo devastadas pela guerra em que nos encontráramos.

Eu *tivera* que estar nas áreas mais assustadoras do mundo por causa do meu trabalho, mas Marcus nunca *precisara* estar nelas. Estranhamente, ele tratava as viagens como obrigações do trabalho do dia a dia, não importava onde estivesse.

— Mas o que ele está fazendo aqui em Miami? — murmurei para mim mesma ao me sentar no braço do sofá para esperar Greg.

E por que ele está tão preocupado com quem estou saindo?

Sim, ele dissera que Jett estava preocupado, mas Marcus não era o tipo de cara que estaria em um lugar onde não queria estar.

Nosso encontro no bar de Greg fora desconcertante. Eu nunca vira Marcus em qualquer estado que não o modo de trabalho, exceto durante o resgate perigoso e o pouco tempo que passáramos juntos depois disso. Agir como se ele estivesse *pessoalmente* preocupado era estranho.

Tentei deixar o assunto de lado. Não importava se ele gostava de Greg ou não. Teria que lidar com o fato de eu estar saindo com alguém que ele não achava ser bom para mim. Ninguém jamais interferira na minha vida amorosa e não seria agora que começaria. Meu relacionamento com Greg era importante demais para mim.

Finalmente, a campainha tocou e afastei os pensamentos negativos para atender a porta.

— Olá, linda — disse Greg quando abri a porta.

— Olá — respondi sem fôlego.

Ele me beijou no rosto e andou até a sala de estar enquanto eu fechava a porta.

— Como está se sentindo? — perguntou ele, sentindo-se à vontade ao se sentar no sofá.

— Melhor — respondi, torcendo para que não trouxesse à tona o fato de eu não ter ido ao bar para o nosso encontro.

Greg era o tipo de homem que estava sempre cuidadoso, sempre cauteloso. Ele era atraente e estava em boa forma, além de ter cabelos loiros que fariam com que a maioria das mulheres corresse atrás dele. Mas havia um véu sobre os olhos sombrios que nunca deixaria ninguém entrar totalmente.

Meu objetivo era conhecê-lo melhor do que qualquer outra mulher já conhecera e ensiná-lo a confiar em mim. Infelizmente, eu não ter ido ao bar provavelmente o deixara nervoso. Greg estava sempre procurando algum tipo de reação ou qualquer outra coisa que não encaixasse no mundo dele exatamente como achava que deveria ser. Eu estar ausente na noite anterior não deveria deixá-lo paranoico, mas eu já descobrira que, com Greg, qualquer comportamento estranho era suspeito.

— Fico feliz — respondeu ele finalmente, com os olhos percorrendo-me como se quisesse ver se eu estava dizendo a verdade.

— Quer uma bebida? — perguntei polidamente.

— Não, linda. Só vim aqui para ter certeza de que você estava... segura.

Sentei no sofá ao lado dele. Só tínhamos saído juntos algumas vezes e ido a alguns eventos de caridade. A maior intimidade que tivéramos fora um beijo na porta. — Talvez eu só estivesse cansada — menti.

— Achei que estava doente — disse ele, soando desconfiado.

Balancei a cabeça negativamente. — Estava, mas talvez só tenha me sentido assim porque não dormi o suficiente.

Ele estendeu a mão e segurou a minha, apertando-a mais do que o necessário para demonstrar simples afeição. — Então você deveria descansar, Dani.

— Eu vou — respondi, tentando não notar que minha mão estava perdendo a circulação.

— Não gostei nem um pouco do fato de você ter me dado um bolo ontem à noite. Mas vou superar — disse ele em tom de advertência, que me disse que era melhor não fazer isso de novo.

— Desculpe, de verdade — respondi com a voz cheia de remorso.

— Sou poderoso nesta cidade, Dani. Um homem como eu não precisa esperar.

— Eu sei — concordei.

Gregory *era* uma força a ser reconhecida em Miami. Ele era extremamente rico e doava dinheiro para políticos e agentes da polícia para mantê-los em débito. Ele não tinha o poder de um Lawson ou de um Colter, mas o status de multimilionário dele o tornava uma pessoa VIP em todo o sul da Flórida.

Ele se levantou, levando-me junto porque não soltara minha mão. — Fico feliz por me entender — respondeu ele com um sorriso.

— Já vai embora? — perguntei, olhando para ele com um sorriso trêmulo.

— Tenho algumas coisas a fazer — afirmou ele. — Mas tinha que ver como você está.

— Obrigada — disse eu.

Ele me puxou contra o próprio corpo e beijou minha boca antes de dizer: — Eu tinha que garantir que você soubesse como me senti ao não vê-la no meu bar ontem à noite.

As emoções dele, na verdade, eram cristalinas. Greg era um controlador e qualquer coisa que não conseguisse fazer de seu jeito não era aceitável.

— Não vou deixar você na mão de novo — prometi.

— Isso é bom. Muito bom — respondeu ele ao finalmente soltar minha mão. — Fique bem, Dani. Quero ver você na minha cama assim que estiver se sentindo melhor.

Eu queria balançar a mão para que o sangue voltasse a circular, mas não fiz isso.

O anúncio dele de querer fazer sexo comigo não foi surpresa. Ele deixara perfeitamente claro quando nos conhecêramos que me queria.

E eu tinha certeza de que, até a noite passada, ele sempre conseguira o que queria.

Eu o segui até a porta e despedi-me dele. Encostei-me na porta depois de trancá-la.

— Não foi bem exatamente do jeito como eu esperava — sussurrei ao soltar o ar que não percebi que estivera segurando.

Greg nunca seria um cara do tipo caloroso e acolhedor. Ele tinha um aspecto extremamente duro que me fez ter vontade de me afastar dele o mais depressa possível. Mas não fiz isso porque realmente queria me aproximar dele.

Endireitei o corpo e afastei-me da porta, começando a me sentir exausta, exatamente como dissera a Greg que estivera na noite anterior.

— Como vou me aproximar dele se o homem nunca baixa a guarda? — perguntei em voz alta enquanto andava até a cozinha.

Greg não me dissera quando queria me encontrar de novo, mas eu sabia que haveria mais encontros, mais tempo juntos e eu faria tudo ao meu alcance para tentar ser confidente dele.

Eu me recusava a aceitar que nosso relacionamento não fosse assim.

Capítulo 5

Marcus

— Filho de uma puta! — xinguei quando vi Gregory Becker sair do apartamento de Dani.

Eu estava sentado no meu carro luxuoso de aluguel no estacionamento perto do prédio de Danica, em vigilância. Era difícil me forçar a não ir atrás do crápula.

O imbecil machucou Dani?

O que ele estava fazendo no apartamento dela?

Eu passara muito tempo pensando em Dani e Becker juntos, mas ainda sentia uma dor no coração sempre que pensava nele colocando as mãos nela.

Por que caralhos estou sentado no estacionamento sozinho, observando o prédio dela?

Respirei fundo e soltei o ar lentamente enquanto observava o imbecil do Becker entrar no carro esportivo presunçoso e partir. Eu não podia me aproximar dele. Ainda não. Precisava de mais informações, que responderiam à minha pergunta sobre o motivo de estar observando o prédio de Dani.

Por algum motivo, eu soubera que Becker apareceria.

E, afinal de contas, eu era um espião. Ser paciente e coletar informações era o que eu fazia. E era muito bom nisso.

Só não estava gostando disso naquele momento, especialmente da parte *ser paciente* da tarefa.

Eu não queria esperar.

Eu queria confrontar aquele escroto imediatamente.

Não havia dúvidas sobre se eu iria ou não ver como estava Dani. Se Becker estivera no apartamento dela, eu queria ter certeza de que ela estava segura. Pelo menos, foi assim que racionalizei ao dirigir para mais perto do prédio, sair do carro e andar até a entrada.

Havia segurança mínima na entrada e não foi difícil passar por ela simplesmente seguindo outro morador pela porta depois que ele digitou a senha.

Não fora difícil conseguir todas as informações que eu queria sobre Dani depois de pedir a Washington um dossiê sobre ela. E sim, eu também racionalizara *essa* ação, dizendo a mim mesmo que precisava do endereço dela e qualquer outra informação recente que conseguisse, pois ela estava saindo com alguém que estava no radar do governo federal. Eu recebera um arquivo cheio de informações, mas nada relevante ao status atual como interesse amoroso de Becker.

Fiz uma careta ao tocar a campainha do apartamento dela. A ideia de Becker encostando em um fio de cabelo sequer de Dani fez minhas entranhas queimarem.

Ela é irmã do meu melhor amigo. Não é anormal estar preocupado.

De verdade, eu sabia que essa desculpa era mentira, mas não me importei. Danica Lawson estava fora dos meus limites, mesmo se eu ficasse de pau duro sempre que a visse. Ela sempre fora. Danica *era* irmã de Jett e eu não podia me envolver com ela sem que tudo ficasse complicado. E eu odiava complicações. Agora que minhas prioridades estavam definidas, eu estava determinado a manter a cabeça no lugar.

— O que você está fazendo aqui? — perguntou Dani com voz desaprovadora ao me encarar da porta que acabara de abrir.

Meu Deus! Ela nem se deu ao trabalho de perguntar quem estava tocando a campainha antes de abrir a porta daquele jeito?

— Você não respondeu a todas as minhas perguntas — respondi, convidando-me a entrar ao passar por ela.

— Não preciso me explicar para você — disse ela irritada antes de fechar a porta, virar-se para mim e cruzar os braços de forma teimosa. — Você tem que ir embora. Duvido que Greg esteja sempre me vigiando, mas não quero que ele saiba que você esteve aqui.

— Você faz tudo que ele lhe diz para fazer? — perguntei o mais calmamente possível. — Você não fica nem um pouco preocupada de não ter certeza se há alguém vigiando?

Eu ficava preocupado de Danica estar envolvida o suficiente com Gregory Becker para que ele talvez tivesse colocado alguém para vigiar todos os movimentos dela. Danica deveria estar aterrorizada.

— Não. Isso não me incomoda. — Ela me olhou desconfiada ao acrescentar: — Vejo que não está com o terno sob medida hoje.

— É sábado — respondi. — Não uso terno nos fins de semana.

Ela estalou a língua. — É bom saber que você fica mais animado durante dois dias por semana.

Franzi a testa. — Eu nunca fico *mais animado*. Só me visto de forma mais relaxada.

Danica estava linda, com um vestido amarelo casual que fazia com que seus cabelos parecerem ser um tom mais escuro. E, se eu parecia mais relaxado do que o normal, era por causa do meu pai. Ele sempre tentara passar os fins de semana com os filhos e não usava terno nessas ocasiões quando estava em casa, tentando ser apenas nosso pai. Por algum motivo, eu sempre seguira o exemplo dele, apesar de não haver ninguém que se importasse com o que vestia. Mas, por algum motivo, eu me sentia seguindo os passos dele quando vestia calça *jeans* e uma camisa simples quando não estava trabalhando.

A minha roupa de fim de semana tornava difícil esconder uma arma, mas consegui.

— Fica bem em você — respondeu ela ao se aproximar, olhando para mim com uma expressão irritada. — Mas o *que* está fazendo aqui, Marcus? Ainda não me esqueci do fato de que você literalmente me carregou para longe de um encontro.

— Supere — sugeri. — Como está se envolvendo com alguém que é possivelmente culpado de crimes internacionais, precisa ser afastada do perigo.

— O que quer dizer?

— Há anos correm rumores de que Gregory Becker tem algumas formas ilegais de ganhar dinheiro. Não é segredo no mundo dos negócios.

— São apenas rumores — disse ela na defensiva.

— Onde há fumaça,, há fogo — adverti. — Você sabe disso. Como conseguiu se envolver com alguém como ele? E o que aconteceu com o seu trabalho como correspondente internacional?

Os olhos dela deixaram meu rosto quando se virou e sentou-se no braço do sofá. — Eu lhe disse que preciso de um tempo. Perdi o jeito — admitiu ela hesitantemente. — Trabalhei na Europa e em outros países, mas não consegui voltar ao Oriente Médio sem entrar em pânico. Decidi deixar minha rede.

Vi uma expressão de vulnerabilidade cruzar seu rosto. Geralmente, eu conseguiria achar uma forma de usar aquele momento de fraqueza ao meu favor, mas não tinha estômago para fazer isso com Danica. — É compreensível, depois do que aconteceu com você.

Ela balançou a cabeça negativamente. — Como repórter, não posso ter medo. Minha neurose poderia colocar toda a minha equipe em perigo. Mas eu não fui mais destemida. Não tenho sido a mesma desde... o incidente.

Dani tinha motivos para querer ficar o mais longe possível do local do sequestro. Ela não seria humana se *não* fosse cautelosa. — Você poderia ter ficado como correspondente na Europa.

— Eu precisava de algo diferente — disse ela, sem voltar os olhos para mim. — Só queria um tempo.

— Então tire todo o tempo de que precisa. Foi loucura voltar lá tão cedo depois do que aconteceu. — Hesitei antes de perguntar: — Que parte da situação do sequestro ainda a assombra?

Eu não sabia se conseguiria lidar com a resposta dela sem querer que os imbecis que a sequestraram estivessem vivos de novo para que pudesse matá-los com as minhas mãos. Ah, sim, Dani conversara comigo, mas eu tinha a sensação de que deixara de fora uma grande parte do que acontecera.

— Por que isso importa? — perguntou ela. — Eles não serão presos nem pagarão pelo que aconteceu comigo.

— Não podem porque estão todos mortos — informei a ela em tom direto. Ela já sabia disso, mas senti-me compelido a relembrá-la que nenhum dos rebeldes a incomodaria de novo. Pessoalmente, eu achava que a morte instantânea fora algo que eles não mereciam.

Ela virou a cabeça para mim com expressão solene. — Logicamente, entendo isso, mas meu cérebro nem sempre é razoável, Marcus. Como você conseguiu essa informação? Nunca me disse como ficou sabendo. Essa informação deveria ser confidencial.

Eu não podia dizer a ela que recebia muitas informações do governo. Ninguém sabia do meu envolvimento com a CIA e a coleta de informações, exceto minha família. Nem mesmo o irmão dela, Jett. Minha equipe da OPR só soubera que eu tinha experiência em operações privadas de resgate. — Ouvi uma conversa sobre isso — menti sem esforço algum, pois estava acostumado a torcer a verdade.

A expressão dela mudou quando as lágrimas começaram a escorrer pelo rosto. — É horrível dizer que estou feliz por eles estarem todos mortos? — perguntou ela, com o corpo visivelmente tremendo.

— É claro que não — respondi. — Depois do que aconteceu, você deveria estar feliz por eles não estarem mais neste planeta.

Observei impotente enquanto as lágrimas continuavam a escorrer no rosto dela. Nós dois tínhamos visto atrocidades horríveis que não deveriam acontecer no mundo moderno, mas a experiência dela fora muito pessoal.

— O que mais a assombra? — perguntei, insistente, querendo ajudá-la a se livrar daqueles fantasmas.

Ela limpou as lágrimas do rosto e virou os olhos turquesa maravilhosos para mim. Havia uma raiva ardente na expressão dela que provavelmente teria feito a pessoa mais forte se encolher. Porém, recusei-me a recuar.

— Não podemos parar com este assunto? — perguntou ela irritada. — Porque quero muito esquecer, mas revivo tudo repetidamente nos meus pesadelos. Estou fazendo terapia desde que tudo aconteceu e ainda não consigo parar de sonhar com aquilo. Lido com o trauma emocional da melhor forma que consigo no momento, mas ainda há momentos em que não consigo me impedir de lembrar como quis que eles me matassem para que não tivesse que aguentar mais um minuto de dor ou de eles usando meu corpo.

Ela estava sem fôlego quando terminou de falar. Olhei com raiva para a silhueta pequena e vulnerável, e para os olhos perturbados. Eu não estava com raiva dela pelo que dissera. Dani tinha todo o direito de odiar falar sobre sua experiência. Eu estava furioso pela injustiça do que ela sofrera.

Merda! Talvez eu *tivesse* dito uma vez que ela sabia dos riscos de seu trabalho. Mas isso não significava que eu *quisera* que ela sofresse.

— Sinto muito — disse eu com a voz rouca. — Eu não queria trazer à tona algo sobre o qual dói tanto falar.

— Não dói mais — respondeu ela. — Em grande parte, fico enfurecida. Quero seguir em frente. Mas o medo me paralisa às vezes. Quando acho que superei o que aconteceu, tudo volta nos meus malditos sonhos. Perdi as minhas habilidades e um emprego que eu amava porque não consigo fingir que nada aconteceu.

— Depois de algum tempo, vai diminuir, mas não sei se você conseguirá superar totalmente uma experiência como aquela — comentei em tom sombrio.

— Claramente não superei — disse ela com voz trêmula. — Não inteiramente.

Meu Deus! Parecia que eu estava sentindo a dor dela. Meu coração estava acelerado e tive que me segurar para não carregá-la para longe de novo e colocá-la em um lugar onde nunca mais seria ferida. Havia uma dor estranha no meu peito devido a tudo o que ela passara. Parecia que eu estava tendo um ataque do coração.

Não aguento vê-la sofrendo de novo.

— Desista de Becker — insisti. — Ele não lhe dará nada além de mais dor.

O olhar furioso dela encontrou o meu olhar teimoso. — Não posso. Não vou — respondeu ela com determinação. — Ele é a única coisa que me mantém com o pé no chão e ocupada no momento.

Inesperadamente, meu temperamento explodiu. — Namorar um criminoso *não* ajuda você.

— Você não faz ideia do que eu preciso no momento. Veio aqui com nada além de rumores sobre um homem que parece gostar de mim. Ninguém nunca encontrou nenhuma prova sólida de que Greg cometeu *algum* crime.

Ah, vou encontrar provas. É só uma questão de tempo. Enquanto isso, eu não queria Dani perto das investigações. — Ele está na lista de todo mundo. Pelo amor de Deus, você quer se envolver nisso?

Ela se levantou. — Se for preciso, vou me envolver. — Ela andou até a porta e abriu-a. — Agora, por favor, vá embora. Já lidei com tudo o que consigo hoje.

Eu estava furioso, mas nada do que dissesse a ajudaria no momento. Hesitei ao chegar à porta. — Você o ama mesmo?

— Eu nunca disse que o amava, mas preciso dele agora — retrucou ela.

A última coisa que eu queria ouvir era que ela achava que precisava de Becker. Não precisava. Mas talvez estivesse confusa. — Não vou deixar que ele a carregue junto ao cair — rosnei ao sair pela porta.

Ela não respondeu.

A porta fechou atrás de mim.

Capítulo 6

Dani

—**M**arcus me deixa louca, Harper. Não entendo nem por que ele está aqui — confessei à minha irmã no telefone no dia seguinte.

Harper era a única pessoa que realmente entendia como eu me sentia. Eu finalmente cedera e contara a ela tudo o que acontecera comigo durante o cativeiro, logo depois de me demitir.

— Talvez ele tenha razão, Dani. Talvez você não devesse se envolver em nada disso. Talvez sair com Gregory Becker não seja uma boa ideia — respondeu ela com preocupação.

Deitei no sofá do apartamento. Minha irmã era arquiteta, mas trabalhava bem longe das corporações. E o marido dela era senador dos Estados Unidos. Portanto, provavelmente nunca ouvira nenhum dos rumores que eu sabia que circulavam no mundo dos grandes negócios. — Você está começando a soar como Marcus — eu disse a ela em tom desgostoso.

— Marcus está no mundo dos negócios desde que virou adulto. Se ele ouviu dizer que esse cara é um problema, tenho certeza de que Marcus sabe de alguma coisa. Ele certamente não é do tipo exagerado.

— Não vou parar de ver Greg — informei teimosamente. — Você sabe por que Marcus está aqui?

— Não sei — admitiu ela. — Mas Blake comentou que Marcus tem propriedades no mundo inteiro, portanto, não é surpresa que tenha uma propriedade em Miami.

Sinceramente, eu também não estava surpresa. Só queria que ele fosse passar algum tempo em outro lugar. Eu achava a presença dele enervante, justamente no momento em que eu tentava estabelecer um relacionamento. Especialmente quando ele me arrastava para longe dos meus encontros. — Espero que ele vá embora logo.

— Não aposte nisso — advertiu Harper. — Ele obviamente está tentando proteger você e, pelo que Blake me disse, Marcus consegue ser muito teimoso.

— Por que ele se importa? — perguntei em tom desesperado. — Eu mal o conheço. Ele salvou minha vida, ok, mas não mantivemos contato.

Na verdade, Marcus me dera muito apoio quando eu contara parte do que acontecera comigo durante o longo voo da Turquia para os Estados Unidos. Eu não contara todos os detalhes, mas o que confessara a ele fora difícil de compartilhar. Mas eu derramara o suficiente do meu coração para ele para que não o visse como um simples conhecido. Essa descrição não cabia. Ele acabara ficando comigo até que eu estava finalmente exausta e dormira na cama do jatinho dele. Quando acordei, estávamos pousando em Washington. Porém, também não podia dizer que Marcus era um *amigo*. Não tínhamos nos encontrado desde que nos despedíramos em Washington.

— Ele protege muito a família — respondeu Harper. — E, para ele, agora você é família. Eu me casei com o irmão gêmeo dele.

— Isso é meio exagerado — retruquei. — Sou irmã da cunhada dele.

— Obviamente, é perto o suficiente para que ele se preocupe. — Harper suspirou antes de continuar. — Apesar da arrogância irritante, ele é um homem bom, Dani. Ele perdeu o pai quando ainda era criança e Blake disse que sempre sentiu que era responsabilidade *dele* ocupar o lugar do pai. A infância dele foi praticamente perdida.

Ele e Blake começaram a se afastar um do outro depois da morte do pai. Marcus foi para a universidade e passou a viajar na maior parte do tempo. Foi só recentemente que começaram a reconstruir o relacionamento deles de novo.

Apesar de eu estar furiosa com Marcus, senti uma pontada de dor no coração pelo jovem que perdera o pai cedo demais. Eu conseguia ver Marcus tentando preencher o vazio na família. E ele fora o único que continuara o legado do pai nos negócios internacionais. — Os dois estão próximos de novo? — perguntei com curiosidade.

— Está melhor do que era. Mas Marcus ainda guarda muito para si mesmo. Nem mesmo Blake sabe o que ele está pensando na maior parte do tempo.

— Espero que Blake tenha um senso de humor melhor do que o de Marcus — comentei. — Não lembro de ter visto Marcus abrir um sorriso.

Eu não vira minha irmã e Blake muitas vezes. Tínhamos conversado no casamento de Harper, mas fora caótico com toda a família por perto. Depois do casamento, eu voltara a viajar na Europa por causa do trabalho. Não voltara a Rocky Springs desde que pedira demissão. Eu fora diretamente para Miami.

— Pensando bem, acho que também nunca vi Marcus sorrir — observou Harper. — E Blake tem um senso de humor maravilhoso. Acho que ele me ensinou a me divertir de novo.

Eu suspirei. Queria muito lembrar como era rir. Sinceramente, eu estivera bem sombria por meses. — Fico feliz — disse eu com sinceridade.

Harper merecia ser feliz. Minha irmã fazia muito por outras pessoas. Como tinha muito dinheiro, como todos os outros Lawsons, ela não precisava trabalhar para se sustentar. Mas ela passava a maior parte do tempo construindo abrigos para os sem-teto em todo o país para ajudar o mundo.

Certa vez, achei que deixaria minha marca no planeta. Mostrei ao mundo as atrocidades que aconteciam em outros países e no meu país, algo próximo e pessoal. A maioria das reportagens era muito brutal e eu as fazia para aumentar a consciência sobre o que acontecia em lugares sobre os quais as pessoas raramente pensavam.

Uma vez... isso fora importante para mim, mais essencial do que minha segurança. Mas, depois da minha experiência na Síria, eu não conseguia mais fazer o meu trabalho do mesmo jeito, e eu odiava isso.

— Você está bem? — perguntou Harper em tom gentil.

— Bem na medida do possível, já que eu me demiti — respondi com sinceridade.

— Como vai a terapia?

— Está indo bem. Ainda tenho lembranças e pesadelos, mas, tirando isso, estou bem. Acho que só preciso de tempo.

— Eu me preocupo com você. Queria que viesse para o Colorado para uma longa visita. Venha ficar comigo. Ficarei em casa por alguns meses. O senado está em recesso.

Apesar de termos crescido perto dos Colters, não tínhamos mais uma casa lá. Depois que meus pais tinham morrido em um acidente de trânsito, vendêramos a casa da nossa infância. Nenhum dos meus irmãos, eu nem Harper conseguíamos aguentar a dor de ficar em nossa antiga casa. Havia lembranças demais e lembretes de que tínhamos perdido nossos pais cedo demais.

— Irei assim que puder — respondi sem me comprometer. No momento, eu não queria fazer promessas. Não tinha certeza do que aconteceria com Greg. — Você também pode vir visitar o apartamento que compramos e que nunca vê — provoquei.

Eu usara Miami como base durante a maior parte do tempo em que ficava nos Estados Unidos. Ou, alternativamente, ia para a casa de Harper na Califórnia, que agora ela vendera para morar com o marido em Rocky Springs.

— Eu vi o apartamento de Miami — argumentou Harper. — Só não passo tanto tempo nele quanto você.

— Seria um voo confortável no jatinho do seu marido — comentei.

Harper suspirou. — Eu adoraria, mas não passo muito tempo com Blake como gostaria e ele ficará em casa até o fim do recesso do senado. Sinto falta do mar. Quando estávamos crescendo, eu nunca deixava de entrar no mar. Mas, agora, a falta da água é a única coisa de que não gosto no Colorado. O que as pessoas consideram lagos aqui são, na verdade, lagoas pequenas.

Sorri porque sabia exatamente o que ela queria dizer. — Bem, o oceano está esperando você para quando estiver pronta.

— Vou até lá em algum momento, especialmente se você estiver aí. Preciso conhecer esse seu namorado.

— Greg não é exatamente meu namorado — neguei. — Pelo menos, não no momento.

— Ele está saindo com outras pessoas? — perguntou Harper, soando confusa.

Na verdade, eu tinha certeza de que Greg ainda estava *trepando* com outras pessoas. Ele não era do tipo fiel. — Sim.

— E você? — perguntou Harper.

Hesitei, ponderando se me sentir tão atraída pelo irmão gêmeo do marido dela contaria como algum tipo de fidelidade. — Não estou saindo com mais ninguém.

— Se ele não viu o tesouro que você é, talvez não seja bom o suficiente — disse Harper pensativa. — Tem certeza de que Marcus não está certo sobre esse cara?

Revirei os olhos. — Marcus não está certo sobre tudo e não tem nada que se meter com quem eu saio, Harper. É irritante.

— Acho que talvez você goste de Marcus — respondeu ela. — Você passou muito tempo com ele enquanto estava se recuperando. Disse que ele foi simpático com você.

— Eu *não* gosto dele — insisti. — E ele foi simpático comigo na época. Mas trapaceia no xadrez — resmunguei.

Harper riu alto. — Como se trapaceia no xadrez? Ai, meu Deus, ele derrotou você?

— Acho que ele trocou peças de lugar enquanto eu não estava olhando — informei a ela, sabendo que estava mentindo. Marcus ganhara de forma justa, mas eu não gostava de perder quando se tratava de jogos de xadrez.

— Ele *ganhou*! — exclamou Harper, parecendo feliz.

— Não fique tão feliz com isso.

— Você precisa de um homem que a desafie de vez em quando — declarou ela. — É inteligente demais para namorar um macho ignorante.

— Falando em homens perfeitos, como está Blake? — perguntei, precisando mudar de assunto. Eu basicamente contava tudo a Harper, porém, como Marcus era cunhado dela, não me senti confortável em contar como Marcus me deixava confusa.

— Ele é incrível — disse Harper com um suspiro feliz. — Algumas vezes, é difícil acreditar que ele está de volta à minha vida e que estamos casados.

— Acredite. Fui sua dama de honra. Vi acontecer.

— Eu sei. Mas ainda parece surreal. Eu queria que você e nossos irmãos encontrassem o mesmo tipo de felicidade. Mason virou um cínico e estou preocupada com Jett depois do que aconteceu com Lisette.

— Eu ainda queria dar uma surra nela — confessei. — Como você joga fora um cara que ama só porque ele teve um acidente e ficou com algumas cicatrizes, além de mancar um pouco? O acidente não mudou quem ele é por dentro.

— Ela não o amava. Fico feliz por estar fora da vida dele — admitiu Harper. — Jett é bom demais para ela. Não havia nada que ele não fizesse para deixá-la feliz e ela o tratou como lixo.

— Tem notícias dele? — perguntei, imaginando como meu irmão mais novo estava. — Não falo com ele tem alguns dias.

— Ele teve que fazer outra cirurgia pequena. Mas falei com ele ontem e parece bem.

Harper e eu falamos um pouco sobre o restante da família e, finalmente, desligamos, pois as duas tinham coisas a fazer.

Fui até a cozinha e botei meu telefone para carregar. Eu acabara de conectá-lo quando começou a tocar.

Olhei para ver quem estava ligando. Meu coração acelerou quando vi que era Gregory. Um surto de adrenalina percorreu meu corpo, uma sensação familiar que eu sentia sempre que via ou falava com Gregory Becker.

Respirei fundo e soltei o ar lentamente para me acalmar antes de finalmente atender.

Capítulo 7

Marcus

Não fora difícil conseguir entradas para o evento de caridade de Miami Beach em um clube sofisticado a que eu nunca fora antes. Só o que precisei fazer foi ter o dinheiro necessário para uma entrada, o que me deu acesso à reunião exclusiva, o local onde Gregory Becker apareceria pela porta com sua *acompanhante*. Eu não estava interessado *nele* no momento. Eu estava lá porque Danica apareceria lá com ele naquela noite.

Obviamente, ela não estava preparada para ouvir meu conselho, portanto, eu teria que ser mais claro e assertivo sobre Danica se afastar de Becker.

Puta merda! Por que ela tem que ser tão teimosa? Que controle Becker tem sobre ela? Eu me recusava a aceitar que ela talvez *gostasse* mesmo do filho da puta.

Olhei em volta do salão, um lugar que rapidamente enchia com convidados. Eu escolhera uma mesa que me dava uma visão perfeita da única entrada para o salão e já virara mais de um copo de uísque enquanto esperava.

George me levara até lá e estaria esperando para quando eu fosse embora, o que esperava que acontecesse em breve. O espaço grande tinha ar-condicionado, mas a umidade era alta e meu terno começava a se tornar desconfortável à medida que o lugar enchia.

Sim, eu estivera em muitos desses eventos, mas não era um comparecimento normal, pois estava furioso com uma certa ruiva que não escutava meus avisos. Eu geralmente tinha um motivo para ir a um evento formal. Caso contrário, simplesmente mandava um cheque para as instituições de caridade que apoiava e elas ficavam perfeitamente felizes.

Minha pressão sanguínea aumentou quando Becker finalmente entrou pela porta, parecendo tão pretensioso quanto nas poucas vezes em que nos encontráramos no passado. Mas minha hipertensão era causada pela mulher que o acompanhava. Ele tinha os braços em volta da cintura de Danica como se fosse dono dela.

Se alguém é dono dela, sou eu!

Meu pensamento aleatório me deixou muito assustado. Eu não era um cara do tipo possessivo e *nunca* quisera uma mulher só para mim. Eu tivera muitos casos com mulheres. Meu apetite sexual sempre fora saudável. Bem, ele *fora* saudável *antes* de eu dar um beijo em um anjo que me fez sentir todos os tipos de emoções bizarras que nunca sentira antes.

De verdade, eu não queria ser *dono* dela, certo? Isso era doentio.

Talvez *dono* não fosse uma boa palavra, pois eu não tinha o menor desejo de controlá-la, só de afastá-la do perigo. *Ok, sim, também não quero outro homem tocando nela.*

Depois de observar Dani por mais alguns segundos, decidi que eu *estava* certamente doente em se tratando dela. O desejo de dar um soco em Becker e arrastar Dani para longe dele ainda era tão forte quanto no momento em que eles entraram no salão. Talvez pior!

Não ajudou em nada quando meus olhos percorreram Dani. Eu a conhecia o suficiente para reconhecer que a aparência dela não era seu estilo normal. O vestido preto que ela usava era formal, mas era bem justo e a bainha ficava bem acima de seus joelhos. Novamente, ela usava um par de sandálias pretas de saltos finos ridiculamente altos. Tive que afastar a mente quando comecei a imaginar que tipo de lingerie ela estaria usando sob aquele vestido provocante.

Os cabelos estavam soltos, com o vestido preto destacando o vermelho dos cachos. Eu *não* fazia ideia do motivo para a maquiagem pesada que ela tinha. Pelo que eu observara, ela não parecia gostar muito de maquiagem. Ela certamente não precisava de uma maquiagem que sugeria uma trepada. Realmente, ela só precisava respirar para que eu ficasse de pau duro. Eu tinha certeza de que qualquer cara com vida sexual saudável sentiria a mesma coisa.

Acenei para que um garçom me servisse outro uísque. Eu precisava dele desesperadamente, agora que vira Dani com Becker.

Observei enquanto o casal avançava pelo salão. Dani ficou silenciosamente ao lado de Becker, com uma expressão no rosto que não era o que eu esperaria de uma mulher empolgada com o encontro. O sorriso dela era fraco e forçado, seu comportamento era submisso, algo que eu sabia muito bem que não era normal.

O evento estava cheio e ela não notou minha presença, que era exatamente o que eu queria. Eu me posicionara daquela forma de propósito. Poderia observá-la sem que ela me visse.

Durante o ano anterior, eu ficara muito bom em observá-la sem ser notado, o que não era algo do que me orgulhava. Porém, eu aceitara o fato de que não conseguia me livrar do desejo absurdo de protegê-la. Esse desejo era forte demais, até mesmo para mim, para que o ignorasse.

Depois de algum tempo, eles foram para o bar. Becker pediu um coquetel rosa para Dani e aceitou o que supus ser gim do garçom.

Parecia que só Becker falava, pois ela só assentia obediente para ele com o mesmo sorriso falso.

Finalmente, ela colocou o drinque sobre o bar e afastou-se sozinha. Era o momento pelo qual eu estivera esperando e, discretamente, segui-a.

Como estivera observando as mulheres que entravam e saíam do banheiro, tive que esperar até que a última mulher que vira saísse antes que eu entrasse.

Dani estava secando as mãos quando entrei pela porta.

Ela olhou superficialmente para mim. Mas, em um piscar de olhos, olhou para mim novamente, atônita. — Marcus? O que diabos você está fazendo aqui? E você *não* pode estar *aqui*. É o banheiro *feminino*.

Eu não me importava com *onde* estávamos. Não havia mais ninguém no banheiro e eu precisava falar com ela. Cruzei os braços ao me encostar no balcão. Ela não iria a lugar algum. — Não há mais ninguém aqui. Por que está com ele, Danica? Eu avisei você sobre Becker. Não estou aqui à toa. Ele é perigoso.

— E lembro-me de dizer a você que não ia aceitar seu aviso, Marcus — respondeu ela com voz tensa.

Ela tentou passar por mim depois de secar as mãos, mas não conseguiu.

Eu me movi para bloquear a saída. — Qual é a de você e Becker? Ele tem algum tipo de controle sobre você? Porque não acredito, nem um pouco, que você esteja gostando.

Ela deu de ombros. — Ele é bonito. É rico. Muitas mulheres querem estar com ele.

Minha calma estava começando a desaparecer. Eu a prendi contra o balcão de granito, onde ficavam as pias, impedindo que escapasse. — Isso é mentira, Dani, e nós dois sabemos disso. — Passei a mão no rosto dela. — Quantas camadas de maquiagem está usando?

— Greg gosta que eu me maquie assim — protestou ela, empurrando meu peito. — E não faz diferença para mim.

— Do que diabos você precisa dele que não está conseguindo? O que ele está fazendo por você? Você me disse que não estava dormindo com ele.

— Não estou. Mas talvez eu *queira* estar com ele — respondeu ela furiosa. — O que isso importa para você?

Minha capacidade de pensar racionalmente foi desafiada e fiquei tão inflamado com a ideia de que talvez ela quisesse dormir com Becker que enterrei os dedos naqueles cabelos ruivos sensuais e abaixei a cabeça, cobrindo a boca de Dani com a minha.

Não fui gentil com ela, mas *poderia* ter sido. Merda! O lugar dela era na minha cama, não na de Becker. *Nunca* na de Becker! Eu daria a ela qualquer coisa de que precisasse para mantê-la longe daquele escroto.

Eu *senti* o exato momento em que ela cedeu ao beijo, com o corpo derretendo contra o meu e os braços envolvendo meu pescoço.

Qualquer senso de razão que eu tinha desapareceu quando ergui a cabeça, com o ar entrando e saindo dos pulmões como se tivesse acabado de correr a maratona. *Caralho!* Por algum motivo desconhecido, eu *não* conseguia resistir àquela mulher. Queria que ela fosse minha, mas certamente não poderia fazer isso ali.

Minhas mãos desceram pelas costas e pararam em seu traseiro firme. Beijei a pele sensível do pescoço dela enquanto erguia a saia curta em um frenesi.

Meu pau estava duro quando percebi que ela vestia muito pouco sob o vestido. Apenas uma calcinha minúscula e uma cinta-liga para segurar a meia-calça.

O gemido ofegante de puro desejo dela quase me fez perder o controle quando movi a mão entre as coxas de Dani. Meus dedos encontraram o calor sedoso sob a calcinha.

— Ele faz você sentir *isto*, Danica? — perguntei em tom exigente, observando a cabeça dela cair para trás enquanto eu acariciava as dobras molhadas e provocava o minúsculo feixe de nervos que praticamente implorava pelo meu toque.

— Marcus. Alguém pode entrar — disse ela ofegante.

O tom cheio de desejo da voz dela ao dizer meu nome fez com que meu pênis latejasse dolorosamente.

Eu o ignorei. *O caso aqui não sou eu...*

No entanto, ela *estava* certa sobre estar exposta demais. Rapidamente, eu a empurrei até uma das cabines e fechei a porta. O cubículo do banheiro nos cobria inteiramente, exceto a parte de cima. Ele oferecia mais privacidade, mas eu ainda conseguiria ouvir se alguém entrasse.

As costas de Dani estavam contra a parede de madeira e a expressão dela era primitiva e confusa.

Acariciei o rosto dela. — Isto a deixa excitada, Dani? O fato de que talvez seja descoberta enquanto goza?

Ela gostava de aventuras. Eu sabia disso. E, sinceramente, não me importava nem um pouco se ela estivesse gritando meu nome quando alguém entrasse. Ora, eu adoraria que qualquer pessoa entrasse e soubesse que ela era *minha*.

— Não, isto é loucura — disse ela com voz trêmula.

— É? — perguntei, com meus dedos novamente dentro da boceta dela.

A cabeça dela bateu contra a madeira, mas ela não pareceu notar.
— Ai, meu Deus. Por que está fazendo isto?

— Porque quero você tanto quanto me quer, Danica. Não quero Becker tocando em você. Quero que seja *eu* a fazer você gozar todas as vezes — respondi com voz rouca contra o pescoço dela.

Meu toque no clitóris dela era firme, mas não o suficiente para fazê-la gozar. Eu estava gostando demais de ver o prazer dela para terminar com aquilo rapidamente.

— Por quê? Por que eu? — A voz dela estremeceu de paixão.

— Não faço a menor ideia, mas não me importo mais — respondi com voz rouca.

Observei enquanto ela se apoiava na parede, totalmente perdida na necessidade de encontrar o clímax, empurrando os quadris freneticamente contra a minha mão.

Jesus! Ela era maravilhosa quando o rosto estava relaxado e os belos olhos cheios de desejo.

Em algum outro lugar, eu sentiria o gosto dela e treparia com Dani até que ela perdesse o controle completamente. Mas eu não me esquecera exatamente de onde estávamos e as limitações do lugar.

Apesar da forma como ela falava, eu tinha quase certeza de que não estivera com ninguém desde que a beijara. Eu sabia pelo que ela passara nas mãos dos terroristas. E seria preciso um cara que entendesse do que ela precisava. E aquele homem seria *eu*.

Ouvi a porta do banheiro abrir e coloquei um dedo sobre os lábios dela. Acariciei o clitóris dela mais depressa, aumentando a pressão que ela tanto queria.

— Isso — sussurrou ela, ciente de que alguém entrara no banheiro, mas incapaz de se segurar.

Aproximei a boca do ouvido dela e sussurrei com voz rouca:
— Goze para mim, Dani.

Ela fechou os olhos e mordeu o lábio inferior, desesperadamente tentando ficar em silêncio.

Usei aquele momento para enfiar o dedo no canal escorregadio, quase gemendo ao colocar um segundo dedo e perceber como era apertado, molhado e convidativo, ainda provocando o clitóris com o polegar.

Minha outra mão estava no traseiro dela, acariciando as nádegas expostas porque ela usava uma tanga muito sensual.

— Marcus! — sussurrou ela com urgência. — Não consigo.

— Ah, sim, consegue — disse eu em voz baixa.

Ela moveu a cabeça de um lado para o outro e senti seu corpo começar a tremer, muito perto do clímax.

Quando ela abriu a boca e seu corpo ficou tenso, coloquei os lábios com força sobre os dela, engolindo o grito quando o orgasmo a sacudiu. Minha mão em seu traseiro a segurou quando as pernas dela pareceram ceder. Ergui a cabeça e beijei a têmpora dela. Estendi a mão para baixar a tampa do vaso sanitário e ajudei-a a se sentar.

Ela respirava com esforço quando peguei um lenço limpo do bolso do terno, abaixei-me e gentilmente limpei o suor de seu rosto.

Ouvi a água correndo na pia e a convidada saiu do banheiro, deixando-nos sozinhos novamente. Pelo menos, por enquanto.

— Você está bem? — perguntei, preocupado de tê-la forçado demais.

Ela não tinha mais medo de mim nem da própria sexualidade. Saber que ela ficara excitada sem pensar no que acontecera nas mãos dos sequestradores indicou como a terapia lhe fizera bem.

Ela balançou a cabeça e pegou o lenço da minha mão para secar o pescoço e o rosto. — Não sei o que aconteceu comigo — confessou ela, ainda parecendo abalada.

— Você gozou — respondi.

— Não acontece para mim deste jeito.

— Talvez seja do que você precisa, Dani. E não vai conseguir com Becker — resmunguei.

Ela se levantou subitamente, forçando-me a levantar também.
— Ai, meu Deus — disse ela ansiosa. — Greg. Ele vai ficar furioso. Fiquei aqui tempo demais.

Segurei os braços dela e sacudi-a de leve. — Você não pode continuar dançando a música dele, Danica — resmunguei, furioso com a resposta preocupada dela.

— Eu preciso — disse ela com voz desesperada. — Preciso que ele confie em mim.

— Caralho, não precisa — retruquei furioso. — Você não precisa daquele escroto.

— Você não entende — disse ela, implorando. — Eu tenho que voltar para lá.

— Nem pensar — respondi. — Não até que me dê algumas respostas. Pelo amor de Deus! Acabei de fazer você gozar, Dani. E você quer correr de volta para Becker? — Eu estava prestes a perder o controle.

— Preciso voltar para a festa — retrucou ela, tentando sair do cubículo.

Eu a deixei ir porque não aguentei vê-la tão aterrorizada. Não depois do que ela passara.

Ela correu até o espelho e tentou rapidamente ajeitar a maquiagem e os cabelos.

Finalmente, eu disse: — Vá, volte para ele. Mas estarei de olho. Você não o ama. Ora, nem acho que gosta de ficar perto dele. — Eu vira a forma como ela olhara para Becker e certamente não fora como olhara para mim, com uma paixão desesperada nos olhos e a expressão que implorava para que a fizesse gozar.

Saí do banheiro mais furioso do que estivera ao chegar para encontrar Dani. *Jesus!* A mulher acabaria fazendo com que eu tivesse um ataque do coração. Sentei-me à minha mesa, ainda com o pau duro como granito.

Dani saiu alguns minutos depois, procurando Becker até achá-lo não muito longe de onde eu estava sentado.

Precisei de todas as forças para não bloquear o caminho dela quando aquele traseiro sensual se aproximou cada vez mais. Mas, para minha surpresa, ela parou ao lado da minha mesa. Ela observava Becker, mas ele estava de costas para nós.

Sem pestanejar, ela pegou o copo de uísque da minha mesa e bebeu-o em dois goles. Em seguida, colocou o copo de volta sobre a toalha de mesa branca.

— Odeio coquetéis cor-de-rosa — resmungou ela, andando em direção ao seu acompanhante.

Eu sorri. Tinha que admirar uma mulher que conseguia virar um bom uísque sem fazer careta.

Sem afastar os olhos de Dani, acenei para o garçom para que me servisse outro uísque.

Capítulo 8

Dani

Greg estava furioso.

Eu percebera no momento em que ele me dera "o olhar" depois que voltei do banheiro no evento de caridade.

Eu ficara longe dele por tempo demais e, depois de voltar ao lado dele, estava distraída.

Ok, eu estava *muito* distraída.

Não foi fácil ficar ao lado do meu acompanhante quando sabia que o cara que me fizera ter um orgasmo incrível momentos antes não tirava os olhos de mim.

O que diabos me deu no banheiro? Eu perdera completamente o controle e mergulhara no prazer que Marcus me dera.

Meu corpo precisara do toque de Marcus tão desesperadamente que nem pensei no meu acompanhante. Meus sentidos tinham falhado e só o que conseguira fazer fora aproveitar a onda de calor tão intensa que achei que sairia dela gravemente queimada.

Ainda não me recuperara daquele orgasmo intenso e, agora que Greg e eu tínhamos voltado para o meu apartamento, eu sabia que ele botaria para fora parte da raiva.

— O que diabos aconteceu esta noite? — perguntou Greg furioso quando fechei a porta do apartamento atrás de nós.

Ora, não demorou tanto assim.

— Quer uma bebida? — perguntei polidamente ao passar por ele e ir para a cozinha.

Ele me seguiu. — Não, não quero uma porra de uma bebida. Quero que me diga por que demorou tanto no banheiro. Quanto tempo demora para mijar? Parece que você esteve com outra pessoa hoje à noite, pois não ouviu uma palavra que eu disse.

Eu me virei para olhar para ele, percebendo que seus olhos brilharam de raiva. — Eu estava lá. O que mais quer de mim? Nunca fui fã de eventos de arrecadação sofisticados.

Eu sempre dera meu dinheiro para instituições de caridade, mas preferia fazer isso privadamente. Não precisava de adoração pública por doar dinheiro para uma boa causa do jeito como Greg parecia sempre querer.

Ele agarrou meus cabelos e puxou minha cabeça para trás. — Quero tudo o que você tem — disse ele em tom amargo. — Não quero sua mente em outro lugar quando estou falando com você.

— Greg, isso dói — disse eu firmemente, tentando me soltar.

— Não dou a mínima se dói. Quero que doa. Talvez você se lembre a quem responder e com quem está.

O olhar maligno dele começava a me assustar, mas não queria que ele soubesse disso.

— Solte. Meu. Cabelo. — Tentei não deixar que ele me visse suar.

Por sorte, ele finalmente soltou meus cabelos, mas eu não esperava o golpe forte com a parte de trás da mão que ele deu no meu rosto.

Minha bochecha parecia ter explodido e minha cabeça foi jogada para o lado. Por causa da dor, meus olhos se encheram de lágrimas. Ele não se contivera, usara toda a força que tinha.

Coloquei a mão no rosto ao dar um passo atrás. — Por que você fez isso?

Ele emitiu um som de desprezo. — Porque eu posso — respondeu ele em tom sombrio. — Sou o seu maldito mestre, Dani. Ainda não percebeu isso? Eu mando em qualquer mulher com quem saio.

— Vesti o que você queria. Fiz o que você queria — relembrei.

— Mas eu não tinha sua atenção completa. Tenho agora?

Olhei para ele e assenti, pois não achei que aguentaria outro golpe como o que acabara de receber.

— Ótimo — respondeu ele. — Acho que está na hora de trepar com você. Já passou da hora. Esteja na minha casa na próxima sexta à noite e vista algo sensual.

Engoli em seco e fiquei em silêncio quando ele deu um passo à frente e acariciou meu rosto machucado. — Eu não queria ter que fazer isso com você — disse ele com a voz assustadoramente calma. — Você me fez fazer isso. Não posso perder o controle de nada, especialmente das minhas mulheres. Eu não divido, Dani. Nunca divido.

Eu não podia dizer a ele que não precisava dividir. A verdade era que eu pensara a noite inteira em Marcus.

Os dedos dele apertaram minha bochecha latejante de forma sádica. — Isso deixará a minha marca — comentou ele. — Gosto disso. Seu rosto ficará roxo pela minha mão.

Jesus! Torci para que fosse o suficiente. Eu sofrera surras piores nas mãos dos terroristas. Muito piores. Mas era muito mais difícil lidar com o abuso de alguém quando eu não era prisioneira.

Soltei um suspiro silencioso de alívio quando ele se virou e andou em direção à porta. — Próxima sexta. Esteja lá ou virei procurar você. E não será agradável para você — ameaçou ele.

— Estarei lá. A que horas?

Ele pareceu considerar a pergunta por um momento antes de responder: — Oito horas. Seja pontual e prepare-se para passar a noite. Minhas garotas normalmente não conseguem ir embora quando termino com elas. Gosto de força. *Muita* força.

Por dentro, eu me encolhi, mas, por fora, não demonstrei reação ao comentário dele. Eu tinha certeza de que ele tratava as mulheres na cama do mesmo modo que as tratava fora dela.

Eu o segui lentamente até a porta e abri-a para ele. — Vejo você na sexta, então — murmurei.

Ele me lançou um olhar totalmente sem emoção. — Não me decepcione. Odeio ser decepcionado.

— Não vou — concordei fracamente.

Eu já soubera que Gregory Becker tinha um aspecto muito duro quando decidira sair com ele. Nada do que estava acontecendo deveria ser surpresa, mas era um contraste enorme com o que acontecera com Marcus.

Ele se virou e saiu pela porta, que fechei com um suspiro pesado.

Minha prioridade foi ir até a cozinha e pegar um saco de gelo para colocar no rosto. Estava doendo muito e eu não estava mais acostumada a ser surrada. Poderia ter sido bem pior, mas o impacto da mão dele no meu rosto fazia com que a bochecha latejasse.

Segurei o gelo contra o rosto e tirei os saltos altos que estavam matando meus pés.

A única coisa que eu queria era tirar as camadas de maquiagem da pele, tirar aquele vestido apertado e tomar um banho quente.

Eu não queria pensar no que Greg dissera.

Queria me lembrar do que Marcus fizera com o meu corpo e como eu respondera a ele. Sim, eu sabia que nunca poderia deixar que algo assim acontecesse com Marcus de novo, mas eu me sentira mais viva presa em um cubículo de um banheiro do que sentira em muito tempo.

— Eu não o entendo — murmurei para mim mesma.

Marcus poderia muito bem ter trepado comigo contra a parede do banheiro, mas só o que fizera fora me fazer gozar. Intensamente! Fora quase como ele dissera, que ele sentia muito prazer só de me ver gozar.

— Que cara faz isso? — perguntei a mim mesma.

Havia apenas uma resposta: Marcus Colter.

Eu estivera tão perdida no cheiro, no gosto dele, na paixão em seu beijo e na carnalidade primitiva do momento que ele poderia facilmente ter procurado a satisfação. Mas não fez isso.

O restante da noite fora desconfortável e minha mente *não* estivera em meu acompanhante. Greg precisara se repetir várias vezes e minha mente se desviara das conversas superficiais que ele tivera com os outros convidados.

Eu conseguira *sentir* Marcus observando-me, mesmo de costas para ele. Ele ainda estivera na mesma mesa em que ficara a noite inteira quando Greg e eu fomos embora do evento.

Quando eu estava indo para a banheira para enchê-la, a campainha tocou. Meu coração disparou ao pensar que Greg voltara para outra rodada de abusos.

Coloquei o saco de gelo sobre a mesinha ao lado do sofá.

Quando cheguei perto da porta, eu a abri com cautela, preparada para o que Greg fizesse comigo desta vez.

— Marcus — disse eu ofegante. Meu corpo quase cedeu de alívio, feliz por eu não ter que enfrentar Greg de novo.

Eu o deixei entrar e fechei a porta, percebendo que ele ainda estava de terno.

— Você está bem? — perguntou ele com voz rouca.

— Sim, estou bem — respondi. — O que você está fazendo aqui?

— Preciso falar com você — disse ele em tom urgente. — Dani, preciso fazer você entender que não precisa de Becker. Não quero que você se magoe.

O tom preocupado dele quase me desmanchou. Olhei para ele implorando: — Por favor, Marcus, agora não.

Eu não seria capaz de enfrentar mais conflito. Ainda lutava com alguns problemas do meu sequestro e estava abalada pelo tratamento de Greg pouco antes.

— O que diabos aconteceu com você? — perguntou ele com a voz terrivelmente furiosa.

Dei um passo atrás, mas ele avançou, passando o braço pela minha cintura enquanto inclinava meu rosto para cima. — Dani, aquele filho da puta bateu em você? — Os dedos dele correram de leve pela minha bochecha.

— Não é nada demais. Eu o deixei furioso. — Tentei me afastar, não porque o toque dele machucasse, mas porque Marcus me afetava de uma forma que eu não entendia.

— Vou matar aquele desgraçado — rosnou ele, com os olhos cinzentos brilhando de fúria. — Mas que porra! Por que você deixa isso acontecer, Danica? Ajude-me a entender e *depois* vou atrás daquele escroto.

Consegui sentir a tensão no corpo dele e a vontade de sair correndo porta afora para procurar Greg. — Marcus, não. Você não pode confrontá-lo agora.

— Ah, sim, claro que posso e é o que farei. Somente um maldito covarde bate em uma mulher com metade do tamanho dele — disse ele. — E quem dá a mínima se ele ficou furioso? Não é desculpa. Não existe desculpa para tocar em uma mulher com a intenção de machucá-la de alguma forma. Eu fico furioso. *Meus* irmãos ficam furiosos. *Seus* irmãos ficam furiosos. Meus amigos ficam furiosos. O que eles *não* fazem é dar um soco no rosto de uma mulher.

— Ele não me deu um soco. Bateu com as costas da mão.

— Só o fato de ele ter tocado em você é um bom motivo para que eu o encontre. Ele não pode machucar você desse jeito, Dani. Pelo amor de Deus! Ele sabe pelo que você passou? Ele se importa?

— Não — respondi em tom suave. — Não para tudo. Ele não me conhece nem um pouco.

Um soluço escapou da minha boca. E outro. E mais um. As lágrimas começaram a correr livremente pelo meu rosto. — Não me deixe agora. Não vá atrás dele — implorei.

— Dê-me um bom motivo para que eu não faça isso — resmungou ele.

Ele estava hesitante, correndo a mão pelas minhas costas em carícias reconfortantes.

— Porque eu preciso mais de você — respondi em tom impotente, passando os braços em volta do pescoço dele, sabendo que tinha que ceder e dividir meus segredos.

Dani

Eu não estava acostumada a chorar sem parar, mas parecia muito fácil só deixar acontecer quando Marcus me segurava contra ele. O corpo sólido fazia eu me sentir segura.

Ele ergueu meu corpo com facilidade e sentou-se no sofá, segurando-me no colo enquanto eu botava para fora todo o pesar, a frustração e o medo.

Ele não fez perguntas.

Não tentou me fazer parar de chorar.

Só o que fez foi me segurar, confortar-me, dar-me algo que eu nunca tivera antes.

— Odeio chorar — admiti finalmente com um soluço.

Com a boca perto do meu ouvido, ele disse em tom provocante:

— Para algo que odeia, você parece estar chorando muito.

Sorri de leve, pensando que aquele era um comentário típico de *Marcus.* Mas havia um toque de bondade no tom provocante que fez eu me sentir protegida.

Sinceramente, Marcus me fazia sentir segura em ser eu mesma, algo de que precisava muito naquele momento. — Acho que acabei por enquanto.

— Pode continuar o tanto que quiser — respondeu ele secamente. — Ter seu traseiro maravilhoso sobre o meu pau não me incomoda nem um pouco.

— Você é um pervertido — acusei enquanto limpava os olhos.

— Não, Dani. Estou preocupado com você.

Aquelas palavras simples deixaram meu coração apertado. Eu estava acostumada a viajar, a cuidar de mim mesma. Eu estava sozinha. Sempre sozinha. Eu tivera um relacionamento na universidade e tentara uma conexão com um correspondente, mas que não terminara bem. Nós dois viajávamos tanto que raramente nos encontrávamos e parecera mais um tipo de amizade colorida. Finalmente terminamos e eu nunca mais tentei de novo. De que adiantava? Eu estava sempre em movimento e nenhum relacionamento teria uma chance quando viajava tanto.

Na maior parte do tempo, eu não me importava de depender apenas de mim mesma. Estava acostumada a ser solitária. Mas, desde que Harper encontrara Blake e depois de ficar prisioneira nas mãos de um grupo de rebeldes implacáveis, eu reconhecera o vazio na minha alma. O problema é que não podia preenchê-lo estando com alguém. Muitas vezes, eu estivera em um aposento cheio, mas ainda me sentia sozinha. Eu nunca percebera o quanto queria aquela pessoa que me faria sentir que não estava sozinha. As experiências da vida tinham me mudado e eu não conseguia voltar completamente ao jeito como fora antes do sequestro.

Minhas prioridades tinham mudado juntamente com a minha personalidade.

— Você não precisa se preocupar comigo — argumentei.

Eu sabia que poderia mudar de lugar agora que parara de chorar, mas o cheiro e a sensação de Marcus eram tão bons que não queria nem tentar.

Ele apertou os braços à minha volta. — Pelo amor de Deus, Dani, você está namorando um sociopata que acabou de bater em você, deixando seu rosto roxo. — Ele passou a mão pelos meus cabelos antes de acrescentar: — O que me lembra que precisamos cuidar dessa bochecha.

— Tenho gelo — informei a ele, estendendo a mão para pegar o saco de gelo.

— Dê-me o saco — resmungou ele, gentilmente colocando o saco no meu rosto. Em seguida, ele me deslizou lentamente para o sofá para que pudesse se levantar.

— Aonde você vai? — Odiei o fato de minha voz demonstrar um ligeiro pânico.

— Você precisa tomar algo para a dor e a inflamação. Tem alguma coisa?

Eu colocara a mão sobre o saco de gelo para mantê-lo no rosto e, ao me mexer para levantar, ele protestou. — Fique aí — exigiu ele. — Vou encontrar.

Tentei não notar que a proteção mal-humorada de Marcus era uma das melhores coisas que eu vivera desde o sequestro. Talvez eu não devesse achar aquilo tão doce como achava. Ele não estava derramando charme, pois não era tão charmoso. Ou talvez não fosse para a maioria das pessoas. Porém, eu o achava quase irresistível. Palavras e ações sem sentido não eram o estilo de Marcus, o que tornava seus instintos protetores absurdamente adoráveis.

Indiquei a ele o balcão da cozinha. Não consegui ver seu rosto depois que ele abriu a porta, mas ouvi quando vasculhou os itens impacientemente até encontrar o que queria.

Ele me entregou dois comprimidos e um copo de água gelada.

— Ninguém cuida de mim há muito tempo — mencionei ao pegar os dois itens, engolindo obedientemente os comprimidos.

— Estou começando a achar que você precisa de um guarda-costas — disse ele em tom desgostoso ao se sentar novamente no sofá ao meu lado. Ele afastou minha mão, segurou o saco de gelo contra o meu rosto e pegou-me nos braços.

Suspirei ao colocar os pés sob o corpo e recostar-me nele. — Você vai se candidatar?

— Claro que não. Eu provavelmente mataria qualquer cara que chegasse a três metros de distância de você. Não consigo ver isso, Danica. Não consigo ver alguém machucando você de novo — respondeu ele com a voz irritada. — Quase morri ao ver o que os rebeldes tinham feito com você e não consigo tirar as imagens dos abusos deles da cabeça. Sei que você cometeu um erro ao cruzar a fronteira, mas salvou alguns adolescentes burros. Eu entendo. Mas por que diabos deixa *Becker* fazer isso com você? Por quê?

Respirei fundo e soltei o ar lentamente antes de responder. — Demorei um tempo para endireitar a cabeça depois que voltamos para os Estados Unidos. Fiz terapia intensiva, mas eu estava sofrendo de ansiedade e de síndrome pós-traumática. Foi tão ruim que eu tinha medo de quase tudo e de todos no começo.

— Compreensível — comentou Marcus. — Qualquer um teria se sentido da mesma forma.

— Mas odiei aquilo. Eu nunca tive medo de nada. Viajei o mundo inteiro sozinha.

— Você é mesmo destemida — concordou ele.

— Não, eu *era* destemida, Marcus — retruquei. — Agora, preciso atravessar o medo que nunca senti antes. A terapia me ajudou muito e, depois de ficar um pouco mais estável com ela, lembrei de algo que ouvi enquanto estava no cativeiro. Eu me lembrei depois de superar o trauma inicial.

— O quê?

— Eu lhe disse que falo e entendo árabe, certo?

— Sim.

— Os terroristas mencionaram o nome de Gregory Becker. Marcus, ele está ajudando a custear os rebeldes. Está lavando dinheiro para mandar a eles. E estou falando de *muito* dinheiro. Eles o consideram o líder na guerra para tomar território porque é o dinheiro por trás da operação. Os negócios horrorosos dele, como tráfico de pessoas e de drogas, ajudam os rebeldes a tomar cada vez mais áreas.

Ele não questionou meu conhecimento. — Meu Deus! Por quê? Ouvi dizer que ele custeava terroristas, mas nunca entendi. O que diabos ele tem a ganhar? — perguntou ele.

— Dinheiro e poder — respondi. — Greg acha que os rebeldes tomarão o controle, o que dará a *ele* o controle do petróleo e dos recursos. Ele não se importa com a motivação deles. Só o que quer é ser o rei dos recursos que o tornarão o homem mais rico do planeta. É loucura, mas é assim que ele pensa.

— Então por que está com ele, Dani? Se ouviu isso tudo, o que está fazendo aqui? Por que quer ficar com um escroto como ele?

Suspirei, sabendo que chegara a hora de ser sincera com Marcus. — Eu não consegui voltar ao meu ritmo no Oriente Médio, portanto, decidi conseguir uma história exclusiva no meu país. Ele precisa ser detido. E ninguém consegue as provas para indiciá-lo. Ouvi dizer que ele mantém registro das transações ilegais para que saiba quanto dinheiro foi desviado para os terroristas, bem como o método ou a empresa de fachada. Se eu conseguir encontrar esse diário, terei as informações para que ele fique preso para o resto da vida. O dinheiro para os terroristas pararia e ele não conseguiria mais atrair mulheres para a prostituição ou o tráfico de pessoas.

— Caralho! Você estava planejando expô-lo sozinha? — explodiu Marcus.

— Não exatamente. Eu ia levar as informações para as autoridades e fazer com que minha reportagem exclusiva saísse no mesmo dia em que o prendessem. Obviamente, eles precisariam de tempo para rastrear as provas até uma forma mais substancial do que apenas um diário. Mas esses registros dariam a eles as informações de que precisam para isso.

— Então você não ama Becker?

Tentei balançar a cabeça contra o ombro dele. — Não.

— Por que disse que precisava dele?

— Eu *preciso* dele. Tenho que ganhar a confiança dele. Ele finalmente me convidou a ir à casa dele, portanto, poderei ter acesso ao escritório e pegar o que preciso.

— Você não gosta de estar com ele?

— Gosto tanto de estar com ele como gostaria de estar em uma sala trancada com cobras venenosas — respondi com um tremor. — Mal aguento ficar perto dele. Não aguento quando ele encosta em mim e tenho que conter meu ódio quando me beija.

— O filho da puta beijou você? — perguntou Marcus em um tom furioso.

— Que opção eu tinha além de fingir que o acho atraente? Mas cada momento tem sido tortura pura. No entanto, se eu conseguir ajudar a derrubá-lo, terá valido a pena.

— As roupas?

— Ele escolhe exatamente que aparência quer que eu tenha. Becker é muito controlador. Infelizmente, ele gosta de trajes de puta. Ele é um imbecil que acha que é dono de todas as mulheres com quem namora ou trepa. Não há um pingo de decência nele, Marcus. E, acredite, eu procurei. Ele é puro mal.

Foi bom finalmente contar a alguém por que eu estava tentando me aproximar de Becker, mas sabia que isso causaria complicações.

— Fico feliz por não ter perdido completamente seu senso comum e que vê Becker pelo que ele é. Mas não pode fazer isso sozinha. E não pode vê-lo de novo, Danica. O abuso só piorará de agora em diante e você está se colocando em perigo... *de novo*.

— Não vou desistir. Já cheguei perto dele, o suficiente para conseguir as informações de que precisamos para prendê-lo.

Eu sabia que teria que contar a verdade a Marcus. Ele merecia. Marcus salvara minha vida e não queria que ele continuasse a pensar que eu estava submetendo-me a um lunático. Eu esperava que, se contasse a verdade, ele pararia de insistir para que não encontrasse mais Becker. Pelo jeito... não.

— Você vai desistir. Se precisar, eu mesmo a sequestrarei — disse ele em tom exigente.

Eu me sentei e encarei-o nos olhos. — Tente. Não vou desistir. Há vidas demais em jogo. Greg precisa ser detido. Ele tem sede de poder e as coisas podem ficar ainda piores do que já estão. E se ele decidir que precisa ganhar mais território, mais guerras? Ele é mestre em cobrir seus rastros. Ele é insanamente desconfiado, paranoico e desonesto. Obviamente, é suspeito há muito tempo, mas ninguém conseguiu prendê-lo. As autoridades precisam de mais informações, dados que posso dar a elas. Só preciso chegar a essas informações.

— Então você vai simplesmente entrar na casa dele, trepar com ele e, depois, procurar as informações?

Balancei a cabeça lentamente. — Não acho que consigo deixar que ele me toque desse jeito. Acho que vou vomitar. Preciso pensar em outra forma.

— Você me deixa louco, mulher. Primeiro, resgato você das mãos de gente que, em algum momento, a mataria. E, agora, você está se metendo em uma grande encrenca em casa. Isso é arriscado e perigoso.

— Consigo lidar com isso, Marcus. Sei que consigo. Tenho que fazer isso para provar que ainda consigo fazer alguma coisa importante. Quando não consegui voltar para o Oriente Médio, perdi isso. Lá, eu me sentia contando histórias importantes. Eu queria que as pessoas entendessem o sofrimento humano que acontecia naquela região. O que eu fazia tinha um significado e, apesar de ter sido um tanto arriscado, levar informações para fora daquelas áreas era vital. Eu perdi isso. Agora, quero fazer algo que ajudará as pessoas de novo. Quero parar de sentir medo. Quero fazer algo útil.

— Você não vai fazer isso sozinha — insistiu ele ao puxar meu corpo contra o dele de novo. — Não posso ver você correndo esse tipo de risco.

— Não tenho escolha. Até eu pegar as informações, ninguém conseguirá encostar nele. — Eu suspirei. — Tenho uma amiga que conheci aqui em Miami, uma mulher que era sem-teto e foi levada pelo que acredito ser uma das equipes de tráfico de pessoas de Greg. Eles a atraíram com uma história de ajudá-la com um emprego, abrigo e comida. Agora, estão dizendo que ela lhes deve e que não pode ir embora até que pague. Esses idiotas procuram as pessoas mais miseráveis. Ruby era jovem. Ela nem fez vinte e três anos ainda e eles querem leiloá-la para que um homem rico possa usar o corpo dela. Isso torna as coisas ainda mais pessoais para mim. E a pior parte é que não posso acolhê-la. Não posso ajudá-la e trair a confiança de Greg no momento. Mas alguma coisa precisa acontecer em breve. Tenho que resgatar Ruby e todo o dinheiro só deixará os rebeldes mais fortes.

— Jesus! Você é tão teimosa. Por que não consegue entender que *nunca* deixarei que faça isso sozinha? Entendo por que quer fazer, mas é um risco que não pode correr sozinha. E você não pode encontrar Becker de novo. Se eu perceber um arranhado que seja em você, vou perder o controle.

— Vou lutar contra ele. Não vou me segurar e deixar que ele me machuque de novo. Não é bom para a minha cabeça.

— Não é suficiente. Vou ajudar você, Dani, mas será nos meus termos.

Fiquei alarmada. — Marcus, você não pode. É perigoso o suficiente para mim. Porém, para um homem que está atrás dele, é suicídio. Ele mataria qualquer um que achasse que estivesse procurando alguma sujeira dele.

— Ele não vai suspeitar de mim — disse ele em tom direto.

— O que o faz pensar isso?

— Porque há coisas que você também não sabe sobre mim, Dani, coisas que ninguém sabe, exceto minha família.

— O quê? — perguntei sem fôlego, pois a voz dele ficara subitamente muito sombria.

— Tenho o conhecimento e a capacidade de ajudar você a pegar Becker.

— Como?

— Porque venho reunindo informações há muito tempo. Não sou *só* um homem de negócios internacionais.

Fiquei em silêncio, esperando a explicação dele.

Ele continuou em tom direto: — Também sou um espião.

Capítulo 10

Dani

Um espião?

Pelo amor de Deus, eu nunca achara que Marcus delirava, mas o que ele acabara de dizer não fazia sentido.

— O que quer dizer? — perguntei hesitante.

Ele respondeu calmamente. — Quero dizer que trabalho para o governo dos Estados Unidos para obter informações de todos os países que visito. Tenho uma rede de contatos e obtenho qualquer inteligência que posso para proteger nossa segurança nacional.

— Inteligência é coisa da CIA — retruquei, ainda perguntando-me aonde ele chegaria com aquela conversa.

— Tecnicamente, não estou na folha de pagamento da CIA. Sou um agente especial porque optei por ser.

Minha mente voltou para todos os lugares onde eu vira Marcus no passado. Ocorreu-me tantas vezes que ele não precisava se colocar no caminho do perigo, mas estava em todos os pontos perigosos do mundo.

Meu Deus! Será que o que ele está dizendo é realmente verdade?

— C-como? — gaguejei, ainda sem conseguir conciliar Marcus, o homem de negócios, com Marcus, um tipo de James Bond. Não que a CIA trabalhasse como o filme mostrava, mas ainda assim...

Ele deu de ombros. — Não é nada demais. Na maior parte das vezes, só reúno informações. E nunca ninguém suspeitou porque viajo o mundo a negócios.

— Marcus, você faz isso em países em que poderia ser morto se alguém descobrisse que está compartilhando as informações deles — disse eu, atônica por um homem rico como Marcus se colocar em risco daquele jeito.

— Geralmente não espalho o que estou fazendo — respondeu ele secamente.

— É perigoso — protestei. — Quem você tem para ajudar?

— Ninguém. Só respondo ao alto escalão do governo. Ninguém mais sabe.

— O que sua família acha dessas atividades extracurriculares? Você contou a eles que vira James Bond enquanto viaja para o exterior?

Ele soltou um suspiro muito masculino. — Primeiro de tudo, agentes especiais *não* viram James Bond. Algumas vezes, é até entediante.

— Você carrega uma arma? — desafiei.

— É claro. Mas muitas pessoas têm armas.

— Marcus, não seja ridículo. Ao cutucar alguns dos países do terceiro mundo, você poderia acabar assassinado.

— Ser uma correspondente no estrangeiro também pode ser igualmente perigoso. Se me lembro corretamente, *eu* tirei seu traseiro maravilhoso de uma situação bem feia.

Ele tinha razão. Meu trabalho, às vezes, me colocava perto demais das linhas de frente. — Eu estava fazendo isso em prol de uma causa. As pessoas precisam saber o que está acontecendo no mundo.

— E eu faço o que faço pelo meu país. Odeio política e não gosto de me envolver nas merdas de Washington. É por isso que minha ajuda é mantida em segredo. Eu não duraria dez minutos fazendo o trabalho de Blake como senador. No momento, o país não vem antes do partido para a maioria do povo em Washington. Eu daria um soco em alguém se tivesse que passar muito tempo lá.

Tentei não sorrir porque estávamos conversando sobre algo muito sério, mas eu conseguia ver Marcus perdendo a paciência muito depressa. Ele não tinha personalidade para aquele tipo de cenário.

— Você não respondeu à minha pergunta sobre a sua família. Eles sempre souberam? Há quanto tempo você é um agente? — perguntei, querendo saber tudo de uma vez só. Sinceramente, eu ainda estava atônita com as revelações dele. Não era que não achasse que Marcus tinha a coragem para aquele tipo de trabalho, mas era uma parte dele que eu nunca vira antes e estava fascinada.

— Eles só souberam recentemente. Tive que contar a eles quando uma das minhas investigações chegou perto demais de casa.

Ouvi atenciosamente quando ele me contou como o irmão dele, Tate, e uma agente do FBI tinham se envolvido inadvertidamente em um negócio de tráfico de armas.

— Então, Tate acabou se casando com a agente do FBI? — perguntei quando ele terminou a história. Eu não voltara ao Colorado em anos, portanto, não tinha ideia do que os Colters faziam. Jett às vezes falava de Marcus, mas, exceto por uma breve menção do meu irmão sobre a família deles, eu estava no escuro.

— Sim. Fiquei feliz por ele ter conhecido Lara. Ela é boa para ele, mas nunca me perdoei por quase ter matado os dois. Daquele momento em diante, nunca mais fiz algo que pudesse remotamente colocar em perigo alguém da minha família. Se eu não conseguir lidar com a situação completamente fora do país, não me envolvo. Senti como se devesse à minha família contar o que eu fazia.

— Eles não se preocupam?

— O tempo inteiro — respondeu ele em tom desgostoso. — Minha mão fica aterrorizada de que alguém me matará sempre que vou embora.

— E pode culpá-la? Ela ama você.

— Tate era das Forças Especiais. Isso era muito mais perigoso do que eu faço.

— Se eu soubesse o que você e Jett faziam com a OPR, teria ficado ansiosa sempre que partissem — eu disse a ele com sinceridade.

Meu irmão mantivera o envolvimento com a OPR em segredo até a missão em que se feriu e o grupo foi desfeito. Se soubesse que estavam entrando escondidos em território perigoso para resgatar prisioneiros políticos, sabia que Harper e eu teríamos ficado muito preocupadas.

Agora, o fato de Marcus ter formado a OPR, para começo de conversa, fazia sentido. Ele obviamente aprendera as habilidades de operação infiltrada de anos espionando outros países.

— Salvamos vidas — declarou ele. — Mas duvido que um dia deixarei de me sentir culpado pelos ferimentos de Jett. Ele é o único que provavelmente nunca se recuperará. Sempre carregará as cicatrizes.

Vi a tensão na expressão dele e estendi a mão para alisar as linhas em seu rosto. — Não faça isso. Você não pode mudar o que já passou. Foi um acidente. Ele está vivo. Não é culpa de ninguém, Marcus. Vocês *salvaram* vidas e Jett me disse que faria tudo de novo.

Ele segurou minha mão e baixou as mãos entrelaçadas até a coxa. — Ele me disse a mesma coisa várias vezes. Mas ele perdeu tudo o que significava alguma coisa.

— Ele perdeu *Lisette* e foi a melhor coisa que poderia ter acontecido. Ela não o amava. Ele teria acabado sofrendo.

— Sim. E, de qualquer forma, ouvi dizer que ela é um problema. Alguma coisa sobre fraude fiscal — mencionou ele casualmente.

Lancei um olhar curioso a ele. — Fraude fiscal? Como sabe disso? Você a conhece?

— Não, nunca a encontrei. Mas tenho um amigo na Receita Federal. Parece que ela não é exatamente honesta em relação aos impostos que paga.

— Você a botou em encrenca? — perguntei incrédula.

— Claro que não. Foi ela que não pagou os impostos. Deve ser difícil, agora que ela não tem mais acesso ao dinheiro de Jett.

Achei engraçado que Marcus dividisse aquela informação sem pestanejar. Se eu não soubesse que ele instigara a investigação sobre Lisette, juraria que era completamente inocente. — Você é malvado — disse eu, secretamente feliz porque a mulher que chutara meu irmão de forma tão impiedosa agora estava encrencada. — Sinceramente, estou feliz por ela estar pagando de alguma forma o que fez com Jett.

— Ah, ela vai pagar — comentou Marcus em tom casual.

Só o fato de ele tentar vingar Jett era algo incrível. Eu nunca vira aquele lado de Marcus. Na verdade, nunca o conhecera de jeito nenhum. A arrogância dele me irritava às vezes, mas, se estava espionando países estrangeiros, tinha que ter nervos de aço. — Obrigada — disse eu em tom suave.

— Jett é meu amigo — disse ele com simplicidade. — E, agora, precisamos parar de falar de mim e voltar ao problema com Becker.

— Não posso desistir, Marcus. E não é só um furo de reportagem. Becker precisa ser detido por muitos motivos. — Pessoas como Ruby e todas que Greg colocava em perigo precisavam de alguém que lutasse por elas. Se eu pudesse ajudar a prendê-lo, era o que faria.

— Ele está em nosso radar há muito tempo. Mas, sem provas sólidas, não há muito que possamos fazer. Ele é um escroto escorregadio — resmungou Marcus.

— Ele é paranoico — concordei. — Fica histérico para cobrir todas as bases.

— Qual é o seu plano? — perguntou ele em tom infeliz.

— Vou ter acesso à casa dele na próxima sexta. Ele quer que eu o encontre lá à noite. De alguma forma, preciso entrar no escritório da casa dele. Acho que é onde ele mantém os registros de transações ilegais. Se eu conseguir esses registros, eles poderão ser rastreados e confirmados rapidamente.

Marcus pegou o saco de gelo que eu deixara cair do rosto e segurou-o gentilmente de novo na minha bochecha. — Isso é loucura. Você sabe disso, certo? Becker é um criminoso internacional e nunca hesitou em eliminar qualquer um que fique no seu caminho.

Eu assenti. — Aprendi isso da maneira difícil.

— Meu Deus! Odeio isso, Dani. Odeio ver você se envolver com ele. Odeio o fato de você se colocar em perigo. Odeio que aquele filho da puta tenha batido em você e não posso matá-lo por isso. Só o fato de ele ter tocado em você de alguma forma me deixa louco — terminou ele com um rosnado.

Meu coração batia com força, com o olhar intenso no rosto de Marcus relembrando-me de nosso encontro anterior. — Então me ajude — pedi, sabendo que o conhecimento dele seria útil. Eu era inteligente o suficiente para saber disso. Não queria que ele se envolvesse, mas eu sabia que era a única forma de Marcus não sabotar meus esforços.

— Vou fazer mais do que ajudar você. Serei seu parceiro. E, se fizer alguma coisa com a qual eu não concorde, tirarei você de lá — exigiu ele.

— Ok — murmurei, disposta a concordar com os termos dele. Não tinha dúvidas de que ele conseguiria executar um plano melhor do que eu.

— Você ainda deveria estar se recuperando, não se colocando em outra situação ruim — resmungou ele irritado.

Abri um sorriso fraco. — Acho que nunca fui muito boa em ficar sem fazer nada.

— Vou garantir que você não se machuque e, depois, insistirei para que faça uma pausa. Não faz muito tempo desde que você quase morreu, Danica. Você *precisa* tirar um tempo, queira ou não. Você pode encontrar algo muito menos perigoso para fazer.

Não me ocupar só servia para me lembrar de como eu me isolara. Antes, eu passara tanto tempo perseguindo histórias que nunca pensei em como me sentia sozinha. Meus irmãos eram incríveis, mas todos estavam ocupados com a própria vida. — Fazer uma pausa significa solidão — admiti antes que conseguisse me deter.

Marcus passou o braço pela minha cintura e puxou-me contra seu corpo quente e sólido. — Você não está mais sozinha, Dani — declarou ele com voz rouca.

Absorvi o calor dele como se fosse uma esponja. Sinceramente, talvez o motivo de Marcus e eu termos brigado tanto no passado fora porque éramos muito parecidos em alguns aspectos. Nós dois éramos independentes e passáramos a vida adulta inteira viajando sozinhos. Nenhum dos dois tivera alguém com quem contar ou conversar sobre como nos sentíamos. Nós dois tínhamos colocado as emoções de lado como se não fossem importantes.

O problema era que eu não conseguia mais ignorar o que sentia.

Deitei a cabeça no ombro dele e inspirei o cheiro masculino, sentindo que *não* estava realmente sozinha. Pelo menos, por algum tempo.

Capítulo 11

Marcus

—Ei, cara, o que está acontecendo com a minha irmã? — perguntou Jett Lawson quando abri a porta do meu apartamento na tarde seguinte.

Fiquei surpreso, mas provavelmente não deveria estar. Nada segurava Jett por muito tempo. — Achei que você estava em cirurgia — respondi, batendo de leve nas costas dele quando Jett entrou com uma mochila sobre o ombro.

— Foi ontem. Não foi nada demais — respondeu ele, colocando a mochila no chão. — Que tal um visitante? Quero ver se consigo botar um pouco de juízo na cabeça de Dani.

— Você não precisa perguntar se pode ficar aqui. Sempre terá um convite em aberto. — Fiquei feliz em vê-lo, mas senti-me um pouco culpado pelo fato de desejar a irmã dele, o que ficava pior a cada dia.

— Obrigado. E qual é a de Dani?

Fui para a sala de estar para servir drinques para nós dois. Jett me seguiu, mancando de leve. Ele estava se saindo bem, mas a perna o incomodava quando a forçava demais, o que era praticamente o tempo todo. Meu amigo tinha uma tenacidade que me deixava atônito às vezes. Eu sabia que ele saíra do acidente com ferimentos com os quais poucas pessoas sobreviveriam, mas mantinha-se em ótima condição, o que provavelmente salvara sua vida. Ele era teimoso, mas era uma qualidade que servia muito bem no momento.

— Há muita coisa acontecendo sobre as quais você não sabe — adverti ao andar até o bar.

Jett se sentou no sofá. — Boas ou ruins?

Fiz uma careta. — As duas coisas. A boa notícia é que sua irmã não está apaixonada por um escroto. A ruim é que ela se meteu em uma situação que será complicada.

Contei a ele toda a situação com Becker e respondi às suas perguntas depois de lhe entregar uma bebida e sentar em uma cadeira ao lado do sofá.

Jett balançou a cabeça. — Eu amo a minha irmã, mas, às vezes, queria que ela fizesse algo menos aventureiro para ganhar dinheiro.

— Não é mais apenas uma história para ela, Jett.

— Merda! Eu sei disso — respondeu ele frustrado. — Mas eu me sinto tão impotente para fazer alguma coisa para ajudá-la.

— Eu estou ajudando — garanti. — Um sinal de perigo e eu a tiro de lá.

— E ela concordou? — perguntou Jett em tom cético.

Dei de ombros. — Mais ou menos. Provavelmente menos, mas Dani sairá imediatamente se Becker olhar torto para ela.

— Saber que ele bateu nela me dá vontade de matar o filho da puta — disse Jett irritado.

Eu sabia exatamente como ele se sentia. Dani passara por muita coisa e, até a noite passada, eu nunca a vira realmente perder o controle. Ela era muito corajosa, mas essa coragem me deixava extremamente nervoso. Talvez ela tivesse ficado um pouco mais desconfiada depois do sequestro, mas o senso de justiça e de dever que tinha ainda era tão forte como sempre. — Não podemos matá-lo — respondi finalmente em tom infeliz. — Temos que descobrir quem mais está envolvido.

— Você tem um bom sistema aqui? Posso tentar procurar — sugeriu ele. — Acho que, se derrubarmos o rei, o restante cairá. Mas não faria mal nenhum tentar procurar alguma informação.

Lancei a ele um olhar perceptivo. — Você quer dizer *hackear*?

— Claro que não, isso seria completamente ilegal — disse ele em protesto fingido.

Sorri para ele, sabendo que Jett não tinha problema nenhum em invadir um sistema se precisasse de informações vitais. Ele fizera isso muitas vezes para missões da OPR e era um dos melhores. — Tenho tudo no meu escritório. Fique à vontade para procurar informações. Mas, antes de começar, há algo que preciso lhe dizer.

Como eu fora sincero com Danica, precisava fazer o mesmo com Jett. Queria que ele se sentisse confiante de que eu ajudaria a irmã dele e contar minha história provavelmente ajudaria. Ora, Jett era como um irmão para mim, portanto, seria como contar à família. Eu confiara minha vida a ele e também podia contar os meus segredos.

Informei a ele sobre a minha carreira dupla da forma mais sucinta possível.

— Puta merda, cara — comentou Jett. — Então você vira James Bond em outros países.

Lancei um olhar desgostoso a ele e, em seguida, revirei os olhos. — Você, de todas as pessoas, deveria saber que ninguém vira *James Bond*. São só filmes, personagens fictícios. Tenho certeza de que a maioria dos agentes fica atrás de uma mesa durante a maior parte do dia tentando conseguir informações. — Hesitei antes de acrescentar: — Talvez você devesse ser um agente especial, não eu. Acho que eles precisam das suas habilidades mais do que das minhas.

— Não deprecie o que está fazendo, cara — disse Jett em tom sério. — É perigoso e é muito patriótico da sua parte arriscar sua pele para manter nosso país seguro.

— Não é nada demais. De qualquer forma, preciso viajar.

— Mas você não *precisa* espionar para obter informações. Isso poderia matar você. Não conheço muitos caras ricos que fariam o mesmo.

— Você faria — desafiei.

Jett deu de ombros. — Talvez. Nós dois somos viciados em adrenalina. Talvez seja por isso que sejamos tão amigos.

— Como a sua irmã — acusei. — Ela é tão doida quanto nós. Não é uma boa qualidade para uma mulher que já passou pelo inferno.

— Ela sempre foi assim — comentou Jett pensativo. — Mesmo quando éramos crianças, ela já era destemida.

Eu não podia dizer a Jett que odiava a coragem dela no momento. Dani me deixava meio louco e eu precisava controlar minha irritação. A irmã de Jett estava fora do meu alcance. Eu queria trepar com ela mais do que jamais quisera trepar com qualquer mulher. Mas eu também a admirava e a última coisa que queria era atrito com meu melhor amigo porque estava tendo um caso com a irmã dele. Dani e eu nunca poderíamos ter nada além de um caso breve. Eu não era capaz de ter um relacionamento. Nunca fora. Eu viajava demais e tinha muito pouco a oferecer a uma mulher, exceto dinheiro.

— Não gosto disso — admiti. — Não gosto de nada disso. Becker é um escroto. Sua irmã poderia se ver envolvida em algo com que não consegue lidar.

— Também não gosto — confessou Jett. — Eu a tiraria de lá agora se pudesse, mas você sabe como ela é teimosa quando decide alguma coisa. Todos nós tentamos convencê-la a desistir da carreira que ela escolheu, especialmente sendo correspondente do Oriente Médio. Nenhum de nós conseguiu fazê-la sequer repensar. Ela adorava o que fazia, Marcus. Dani é o tipo de mulher que quer expor tudo o que há de errado com o mundo e levar ao conhecimento público.

— Eu sei disso, caralho. É parte do que me deixa louco. Ela tem boas intenções, mas coloca-se em perigo demais.

— Ei. Você soa muito preocupado. Você está bem? — perguntou Jett.

Eu sabia o que ele queria dizer. Geralmente, eu era um escroto e sem envolvimento emocional nenhum. Mas havia algo em relação a Danica que me fazia querer protegê-la. Eu poderia dizer a mim mesmo que era por causa da experiência dela à mercê de homens loucos, mas, para ser sincero, a compulsão *sempre* estivera lá. Só ficava cada vez mais difícil ignorá-la.

De alguma forma insana, nós nos *entendíamos*. Eu a compreendia e, estranhamente o suficiente, ela parecia ter entrado em mim. Havia uma força que nos atraíra e eu me sentia quase impotente para impedir os diversos sentimentos nada familiares que surgiam sempre que a via.

Mas meu envolvimento emocional tinha que parar. Eu precisava pensar como profissional, ajudá-la de todas as formas que conseguisse e parar de me preocupar tanto com ela.

— Sim — respondi finalmente. — Estou bem.

— Está acontecendo alguma coisa entre você e Dani? — perguntou Jett desconfiado.

— Claro que não — respondi em tom direto.

Nada, exceto um certo encontro em que fiz sua irmã gozar em um banheiro público só para poder vê-la gozar.

Mas eu não diria isso a Jett.

— Ela é uma mulher incrível — insistiu ele. — Não seria surpresa se você *estivesse* atraído por ela. Na verdade, vocês dois são muito parecidos.

— Não estou atraído por ela — neguei. — Gosto dela e ela é sua irmã. Quero ajudá-la.

Parecia que Jett queria dizer mais alguma coisa, mas deixou o assunto de lado. — Se Becker é tão paranoico como Dani disse que é, duvido que ela consiga tirar da casa dele os documentos de que você precisa.

— Pensei nisso — informei. — Vou pegar alguns equipamentos especiais do departamento.

— Brinquedos de espião? — perguntou Jett em tom jocoso.

— Na verdade, sim. Algumas vezes, é útil ser um agente. Eles têm tecnologias que a maioria das pessoas não tem.

Jett bebeu o restante da bebida e levantou-se. — Você sabe que vou querer vê-los.

— Eu sei — respondi de forma elusiva.

— Vou tentar o seu sistema, ver se consigo descobrir alguma coisa sobre Becker.

— Só não faça nada ilegal nos meus computadores — avisei, sabendo muito bem que Jett era tão bom no que fazia que nunca seria pego.

— Não prometo nada — resmungou Jett. — Se a vida da minha irmã está em jogo, farei o que preciso fazer. Posso não ter muitas capacidades físicas, mas tenho habilidades.

— Sei muito bem disso — retruquei. Eu sabia que ele era um dos melhores em se tratando de espionagem com computador, coleta de informações e qualquer outra coisa na internet ou na *dark web*.

— Vamos pedir comida? Seria bom uma pizza. Estou morrendo de fome.

— Geralmente não como pizza. Nunca consegui entender como você come tanta porcaria e ainda fica em forma. — Jett sempre fora fisicamente forte e, apesar de ter sido ferido, ainda estava em forma.

— Eu faço exercícios — respondeu ele na defensiva. — E nem sempre como porcaria.

— Somente noventa e nove por cento do tempo — retruquei em tom sarcástico.

Ele sorriu. — Então você admite que de vez em quando como coisas saudáveis.

— Quase nunca.

— Logo quem está falando — brincou Jett. — Metade do tempo você come em trânsito e bebe coisas proteicas. Nós dois precisamos de proteína *e* carboidratos no momento.

— Está bem, vou pedir pizza — cedi.

Não era que eu não *gostasse* de pizza, hambúrgueres, batatas fritas e todas as outras coisas que certamente fariam meu coração falhar cedo demais, mas tentava evitar e fazia exercícios com a maior frequência possível. Eu tinha pouco mais de trinta anos e não ficaria mais jovem. Com todas as viagens e negócios da CIA que tinha que fazer, precisava manter meu corpo na melhor forma possível.

— Quero bem carregada — insistiu ele ao andar em direção ao meu escritório.

— O máximo de gordura possível? — perguntei.

— É isso aí — respondeu ele com uma risada ao desaparecer pela porta que levava ao meu sistema de computador sofisticado.

Meu estômago roncou e percebi que também estava com fome. Normalmente, eu pediria a George que saísse para encontrar uma refeição saudável para mim. Porém, vi-me procurando espeluncas que vendiam pizza e fazendo um pedido muito grande.

Capítulo 12

Dani

Toque naquele último pedaço de pizza e será um homem morto — avisei a meu irmão, Jett, enquanto pegava a última fatia da pizza e batia na mão dele.

Geralmente, eu não era do tipo de me convidar para a casa de alguém. Porém, quando soube que meu irmão estava na cidade, fui depressa até o apartamento de Marcus. Por sorte, eu chegara no momento em que a pizza fora entregue.

Eu sempre acertava o momento quando havia comida envolvida.

— Não vou lutar contra você por causa dela — comentou Marcus secamente.

Mastiguei e engoli uma mordida grande da pizza gordurosa antes de responder: — Você não comeu muito.

— Ele é um esnobe com comida — comentou Jett. — Não gosta de comer porcaria.

— Eu não disse que não gosto — argumentou Marcus. — Só não é saudável.

Estávamos sentados à mesa da sala de jantar no apartamento de Marcus. Obviamente, sentei-me o mais perto possível da comida.

— O que *é* saudável hoje em dia? — perguntei.

— Certamente não uma tonelada de gordura e papelão — respondeu Marcus baixinho.

Eu não podia discutir o fato de que o homem estava em excelente forma. Mas ele era muito disciplinado. — Então, nada de chocolate? — perguntei.

— Raramente — confirmou ele.

— E suponho que você não coma nada de vendedores na rua?

—Nunca.

Meu Deus, ele realmente precisava se animar um pouco. Provavelmente eu comia muita porcaria ou coisas que achava no caminho. Normalmente, eu era impaciente demais para cozinhar e estar viajando o tempo inteiro fazia com que fosse difícil comer qualquer coisa que não fosse algo rápido.

— Como você come quando está viajando?

Marcus deu de ombros. — Normalmente peço a um dos meus assistentes que encontre algo decente.

— E onde estão seus assistentes agora?

Ele me lançou um olhar desgostoso ao responder: — Não tive tempo de pedir a alguém que me encontrasse aqui e era algo pessoal. Tive que perseguir uma mulher maluca. E, como não era uma viagem de negócios, vim sozinho.

Gostei do fato de Marcus ter feito algo espontâneo e especificamente porque estava preocupado comigo, apesar de ele *ter* acabado de me chamar de *maluca*.

— Então nenhum deles sabe sobre sua ajuda ao governo? — perguntou Jett.

— Fora da minha família, ninguém sabe, exceto vocês dois.

— Como consegue fazer isso? — perguntou Jett.

— Não deixo meus funcionários se envolverem na minha vida pessoal.

Terminei de comer a fatia de pizza e bebi um dos refrigerantes que acompanhara a comida. Eu normalmente preferia refrigerantes *diet,* mas bebi mesmo assim. Uma mulher tinha que economizar calorias e eu preferia sacrificar as bebidas em vez da comida.

Observei em silêncio enquanto Jett e Marcus iniciaram uma discussão sobre segurança cibernética, um dos assuntos favoritos do meu irmão. Não deixei de notar como Marcus parecia relaxado, apesar de saber que ele podia ficar pensativo quando queria. Eu sempre o vira como arrogante, mas parte da autoconfiança dele provavelmente advinha do fato de ser tão contido. Ele passava a maior parte do tempo viajando e só podia contar consigo mesmo. Ele não contara muito sobre a missão pessoal de manter o país seguro. Devia ser difícil não poder dividir tantas coisas da vida dele.

Eu sabia exatamente como ele funcionava, pois passara muito da minha vida exatamente da mesma forma. Talvez eu não tivesse escondido o fato de ser um tipo de espiã itinerante, mas sabia como era ter que manter tudo em segredo. Exceto pelo breve caso com outro correspondente, que era mais um amigo casual, sempre estivera sozinha. Eu estivera ocupada e concentrada demais para reconhecer essas emoções. Ou talvez nunca conhecera alguém com quem realmente quisesse conversar sobre minhas viagens, exceto meus irmãos, que tinham vida e interesse próprios.

Eu sabia que a última pessoa por quem deveria me sentir atraída era Marcus. Porém, eu não conseguia me livrar da química e da atração emocional que sentia sempre que estava com ele.

Naquele dia, ele estava com roupas casuais, uma aparência que lhe caía bem. O traseiro enchia uma calça *jeans* como eu nunca vira. Marcus era lindo, mas havia muito mais do que apenas a aparência física que me dava vontade de ficar perto o suficiente do calor dele até me queimar.

Ele está aqui agora, mas irá embora em breve. É um homem de negócios internacional que viaja na maior parte do tempo. Não posso nem pensar em me envolver com ele.

Meu corpo queria dizer *sim*, mas meu bom senso gritava para que eu ignorasse o quanto o queria.

Eu ainda tentava entender quem era depois de tudo o que acontecera comigo durante o sequestro. Marcus certamente bagunçaria meu senso de paz que eu acabara de encontrar.

Talvez eu não fosse a mulher que fora um ano antes, mas já tinha aceitado este fato. A vida era cheia de dores e mudanças e eu passava por um período na vida em que precisava procurar algo novo.

Minha prioridade era ver atrás das grades o homem que custeava um grupo de terroristas, assim, eles não poderiam machucar mais ninguém. Meu senso de justiça não me deixaria descansar enquanto isso não acontecesse.

— Dani? — chamou meu irmão bem alto.

Eu o escutei e subitamente voltei à realidade. — Sim?

— Você me escutou? — perguntou Jett com voz preocupada. — Você está bem? Perguntei duas vezes o que acha sobre os motivos de Becker para custear os rebeldes.

— Desculpe — respondi. — Eu estava pensando em outra coisa.

Eu estava ocupada sonhando acordada sobre me aconchegar no corpo incrível de Marcus e implorar a ele para trepar comigo.

— No que estava pensando? — perguntou Marcus.

— Nada de importante — respondi depressa. — O que você quer saber?

— Os motivos de Becker? — repetiu Jett.

— Ele nunca conversou comigo especificamente sobre nenhuma de suas atividades ilegais — respondi ao meu irmão. — Mas acho que ele é lunático. A motivação dele para tudo é dinheiro, mas acho que também quer poder. Ao custear o grupo terrorista, acho que ele tem a impressão de que isso lhe dará controle dos recursos na região se conseguirem tomar a área. Nada mais importa e eu observei bem de perto. Dinheiro e poder são as coisas mais importantes na vida para ele.

— Ele certamente não dá valor às mulheres em sua vida — resmungou Marcus.

— Não, não dá — concordei. — Elas são algo que ele quer controlar. Algo que possa usar para descontar a raiva. Não sou uma *pessoa* para ele. Sou um *objeto*.

— Caralho! Detesto usar você para obter informações — explodiu Marcus. — É uma insanidade achar que você não vai se machucar.

— Talvez eu vá. Mas, para mim, vale o risco. Já fiz muitos trabalhos investigativos arriscados, Marcus.

— Eu sei. Já vi você em ação. E isso me deixa com muito medo.

— Idem — acrescentou Jett.

— Sou uma mulher adulta — argumentei. — Há muito tempo. Há anos que procuro histórias lá fora.

— Acho que nenhum de nós dois duvida de sua coragem, Dani — respondeu meu irmão. — Tenho certeza de que você estava tão confiante que nenhum de nós entendeu como estava, na verdade, vulnerável. Se tivéssemos percebido, acho que teríamos contratado segurança pessoal para você.

— Eu teria me livrado dela — retruquei. — Um dos motivos para eu pintar os cabelos de loiro e tentar mudar minha aparência foi para me dissociar dos Lawsons bilionários. Pouquíssimas pessoas sabiam que eu tinha relação com uma das famílias mais ricas do mundo. E eu queria que continuasse assim.

Como Marcus, eu não deixava ninguém se meter na minha vida pessoal. Queria que todos se concentrassem nos problemas que eu investigava e nas histórias que tinha a contar, não em minha identidade. Minha assinatura em artigos que escrevia era publicada como Dee Lawson, o mesmo nome que usava em reportagens ao vivo.

Eu pedira à minha rede que usasse o nome "D. Lawson" no início da minha carreira e eles acabaram colocando-o como "Dee Lawson". O pseudônimo me acompanhara pelo restante dos anos como repórter, tornando menos provável que alguém reconhecesse meu nome incomum e imediatamente me associasse com a rica família Lawson.

— Então ninguém sabia quem você era de verdade? — questionou Marcus.

Balancei a cabeça negativamente. — Ninguém sabia. Eu era apenas uma repórter norte-americana ousada para a maioria das pessoas. Nem mesmo a minha equipe sabia.

As únicas pessoas que sabiam dessa informação eram as que trabalhavam no departamento de recursos humanos e os meus chefes.

Caso contrário, eu era apenas Dee. E aquela liberdade se tornara importante para mim enquanto eu subia nos escalões dentro da rede.

— Eu sabia quem você era, Danica — respondeu Marcus com voz rouca.

— Eu sei. Sempre tive receio de que me denunciasse, mas isso não aconteceu.

Nós ignorávamos um ao outro ou brigávamos quando estávamos longe do ouvido de outras pessoas. De muitas formas, tentei afastá-lo o mais longe possível de mim.

— Você poderia ter me contado. Eu nunca teria entregado você — respondeu Marcus em tom seco.

— De qualquer forma, você nunca fez isso. Mal nos falávamos.

Meu irmão se levantou e bebeu o restante do refrigerante antes de dizer: — Vou lá, quero encontrar o máximo possível de sujeira sobre Becker.

Eu também me levantei. — Preciso ir.

Jett saiu da sala quando Marcus perguntou baixinho: — Por que tem que ir? Tem algum encontro?

Eu sabia que ele estava preocupado com um novo encontro meu com Becker. — Não vou sair com Greg sem avisar você.

— Alguma outra pessoa? — perguntou ele ao me seguir até a porta.

— E se eu tiver? — perguntei irritada. — O que importa com quem eu saio se não for com Greg?

Ele colocou a mão na porta quando fui abri-la e prendeu-me em um espaço pequeno colocando a outra mão na parede. — Importa, sim — respondeu ele simplesmente.

Olhei para ele, com o corpo trêmulo de desejo quando nossos olhares se encontraram em uma batalha ardente que não entendi bem.

— Importa? — perguntei em um sussurro.

— Sim, importa. Não saia com mais ninguém, Danica.

— Está com medo de que Greg descubra?

— Foda-se Becker. Não dou a mínima para o que ele pensa. Não quero ver você com outro homem.

Eu não sabia ao certo o que ele queria de mim, mas seus olhos estavam em chamas enquanto prendia o meu olhar.

O perfume masculino atacou meus sentidos e meu coração disparou. Finalmente, respondi com um tom ofegante que não tinha nada a ver com medo. — Tenho que ir... lavar roupa.

Ok, provavelmente era uma desculpa esfarrapada para partir como se estivesse pegando fogo. Porém, eu estava confusa e sabia que não aguentaria muito mais a presença de Marcus sem querer que ele ficasse nu.

Quando ele absorveu minhas palavras, começou a sorrir. — Nesse caso, tenho algumas camisas sujas que precisam ser lavadas.

Abri um sorriso falso. — Então acho que você também terá uma noite ocupada — respondi em tom jocoso. — Boa noite, Marcus.

Puxei a porta e ele finalmente tirou as mãos que me prendiam. Ele se inclinou antes que eu conseguisse abrir a porta, com o hálito quente no meu ouvido. Isso fez com que eu parasse, trêmula. — Assim que for embora, vou tomar um banho para que possa me masturbar enquanto penso em todas as coisas que gostaria de fazer com você. Não consigo olhar para você sem ficar de pau duro. Nunca consegui — disse ele com uma voz tão suave que quase me deixou louca.

— Obrigada por me dizer isso — respondi nervosa, sabendo que estaria pensando na imagem exata que ele acabara de descrever, e que duraria a noite inteira.

Marcus...

Nu.

Molhado.

Duro.

Tocando uma punheta enquanto pensa em fazer coisas comigo.

Aumentando a tensão do corpo até o clímax.

Senti um calor entre as coxas. — Odeio você por fazer isso — comentei.

— Não, não odeia — retrucou ele. — Você está excitada e nós dois sabemos disso.

— Vá sonhando — disse eu em tom altivo ao puxar a maçaneta e sair porta afora. Eu não consegui mais trocar provocações com ele quando tudo o que queria era tirar as roupas dele e subir em seu corpo como se fosse uma árvore.

Ao correr para o elevador, ouvi um som que era completamente estranho para mim.

Demorou um momento para que o som se conectasse à origem.

Era uma gargalhada maliciosa de Marcus Colter.

Capítulo 13

Dani

Eu fiquei ocupada durante o resto da semana.

Marcus e Tate insistiram para que eu levasse minhas roupas e meus pertences para o apartamento de Marcus caso fosse pega e precisasse me esconder depois do encontro com Gregory Becker.

Na verdade, a maioria das ordens vinha de Marcus e, no espaço de alguns dias, descobri como ele podia ser cuidadoso, cauteloso e irritantemente paranoico. Eu sabia que o fato de cobrir todas as bases era algo que Marcus aprendera durante os anos de coleta de informações para a CIA, mas ele não era exatamente sutil em relação ao que queria. Quando "sugeria", o que realmente queria dizer era que eu me mexesse e fizesse o que ele queria. Apesar de receber ordens a todo momento, eu respeitava a experiência dele e obedecia, perguntando-me por que nunca pensara nem planejara para algumas das coisas que ele mencionava.

Provavelmente porque nunca serei uma espiã. Eu tinha certeza de que a vida de Marcus dependia do fato de ele ser paranoico com planos.

— Está mesmo pronta para isso, Dani? — perguntou Jett nervoso. Eu estava na sala de estar do meu apartamento na sexta à noite, pronta e vestida exatamente da forma como Greg gostava.

Meu irmão e Marcus tinham ido para o meu apartamento assim que escurecera, entrando apenas depois de verificarem que eu não estava sendo observada.

O tom preocupado de Jett me deixou com o coração apertado. Mesmo se eu *não* estivesse pronta para tentar obter informações da casa de Greg, não deixaria que Jett soubesse disso. Ele passara por coisas demais para ter que se preocupar comigo. Se eu mostrasse um mínimo de hesitação, sabia que meu irmão e Marcus cancelariam a missão inteira. — Estou bem. Acho que Marcus cobriu todas as possibilidades — respondi confiante, puxando a minissaia vermelha para que cobrisse meu traseiro completamente.

— Não, não cobri — respondeu Marcus em tom estoico. — Ninguém consegue ficar pronto para tudo. Mas tomamos algumas medidas para garantir que você esteja segura.

Meu celular tocou na bolsa minúscula que eu segurava. Coloquei a mão na bolsa para pegar o celular, preocupada que Greg estivesse telefonando para cancelar o encontro.

Mas não era Becker.

— É Ruby — disse eu a Marcus, virando-me para atender. Andei para o quarto, onde Ruby não escutaria os dois homens no meu apartamento.

— Oi, Ruby — atendi em tom alegre.

Nós tínhamos conversado mais cedo naquela semana e ela estivera segura. Eu telefonara para Marcus depois de nossa conversa, avisando a ele que eu tinha que tirar Ruby da situação horrível em que ela caíra.

— Dani — respondeu ela em tom aliviado. — É hoje à noite. O leilão é hoje à noite. As pessoas que cuidam de mim acabaram de me avisar. Disseram para que eu tomasse um banho. E que me depilasse, em todos os lugares.

Meu coração ficou apertado. Eu tinha a esperança de poder tirá-la do hotel naquela noite, logo depois do meu último encontro com Becker. Fora o meu plano. No momento em que terminasse de pegar as informações para prender o filho da puta, não teria motivos para *não* buscar Ruby e levá-la para um lugar seguro.

— Onde vai ser? — perguntei ofegante.

— Acho que é uma boate no subterrâneo descendo a rua, pelo que consegui ouvir das conversas. O nome do lugar é Dark Satisfactions. Ouvi as pessoas falando sobre ele aqui. É só o que sei. Eles virão me buscar e garantir que esteja completamente depilada. Eu entendo por que estão fazendo isso. Posso ser virgem, mas não sou burra. Eles oferecem perversão.

Eu estava mais do que certa de que a boate realmente atendia a preferências incomuns e queriam que Ruby parecesse o mais jovem possível.

Jesus! O que diabos eu faria agora? Virei-me e olhei para meu irmão e para Marcus. Ao me lembrar de quantas informações Jett conseguira sobre Becker, tive uma ideia. — Jett! — chamei com urgência, segurando o telefone longe da boca.

Meu irmão interrompeu a conversa com Marcus para responder: — Sim?

— Você achou alguma informação sobre a Dark Satisfactions enquanto procurava algo sobre Greg? É uma boate no subterrâneo.

Ele assentiu. — Ligada a Becker, mas de uma forma distorcida. Está na *dark web.*

A conexão da boate com Becker não era realmente surpresa. Eu sempre suspeitara que ele estava envolvido de alguma forma na situação de Ruby. Levantei o telefone novamente para dizer a ela: — Não discuta nada do que eles querem. Temos o local e vou mandar alguém para ajudar. Por favor, confie em mim. Não vou deixar que nada de ruim aconteça com você. Consegue acreditar nisso?

A linha ficou em silêncio enquanto Ruby parecia ponderar sobre o que eu dissera. Finalmente, ela respondeu: — No momento, você é tudo o que tenho, Dani. É a única esperança que tenho, a não ser que eu consiga uma forma de escapar.

— Não é esperança, querida — garanti a ela. — Vou mandar algo de verdade. Mas não faça com que machuquem você tentando alguma coisa maluca. Alguém tirará você em segurança do lugar do leilão.

— Ok — respondeu ela, com a voz refletindo uma fagulha de fé.

Eu sabia que ela não tinha motivos para acreditar nem confiar em alguém. Eu não tinha como mostrar a ela que nem todos queriam explorá-la ou machucá-la, exceto mostrando que valia a pena colocar a fé em algumas pessoas.

Desliguei e aproximei-me de Jett. — Preciso que seja um herói hoje à noite — disse eu. — Por favor, preciso da sua ajuda.

Ele franziu a testa para mim. — Estou sempre disposto a ajudar você, mas não sou nenhum herói.

— Você será hoje à noite. Preciso que dê um jeito de entrar na Dark Satisfactions e ajudar uma amiga. Não é apenas um clube de sexo. Eles traficam pessoas, Jett. Pelo menos, no caso de Ruby. — Eu tinha certeza de que havia mais pessoas e precisávamos fechar aqueles negócios completamente.

Expliquei ao meu irmão e a Marcus rapidamente, sabendo que tinha pouco tempo.

— Meu Deus, odeio esse cara ainda mais do que antes — xingou Jett. — Pode deixar. Vou tirá-la dessa situação e depois poderemos procurar as autoridades.

Coloquei a mão gentilmente no braço do meu irmão. — Ela está assustada, Jett.

Eu acabara de contar a ele a história de Ruby, mas queria que entendesse que talvez ela não confiasse nele.

Ele assentiu. — Duvido que ela se sinta ameaçada por mim. Eu manco e ela poderia facilmente fugir correndo, se quisesse.

Eu o abracei, muito grata por ele ter um coração tão grande. — Tenha cuidado.

Ele retribuiu o abraço e, em seguida, olhou para Marcus. — Cuide dela — advertiu ele ao amigo.

— Não se preocupe com isso — afirmou Marcus.

Jett pegou suas coisas e saiu porta afora.

— Ele ficará bem — garantiu Marcus. — Ele é provavelmente um dos caras mais inteligentes com quem já trabalhei em qualquer área.

— Mas os ferimentos dele ainda serão uma desvantagem — argumentei.

— Menos do que você imagina — retrucou Marcus. — Ele pode mancar, mas é muito forte. E, algumas vezes, o cérebro é mais importante que os músculos. Preciso que você se concentre no que vamos fazer. Jett ficará bem.

Eu assenti. — Estou pronta.

— Ainda não — negou ele, colocando a mão no bolso e tirando uma corrente e um pingente.

Eu não o impedi quando ele passou a joia pelo meu pescoço e puxou meus cabelos para tirá-los da corrente de ouro.

— O que é isto? — perguntei com incerteza, passando os dedos no pingente.

Marcus virou o pingente. — Como Becker é um filho da puta paranoico, não duvido que não deixe que você fique com o celular para tirar fotografias. Isto é um plano B.

— Está me dizendo que isto aqui tira fotos? — O pingente era relativamente fino.

Ele demonstrou como abrir o pingente, onde ficava o botão para tirar fotos e como usar o dispositivo. Em seguida, fechou-o novamente. — Ele tira fotos muito boas, basta fazer exatamente o que eu lhe disse para fazer.

— Como isso é possível? — questionei.

— Se eu contar, vou ter que matar você — disse ele em tom de brincadeira.

Abri um sorriso trêmulo. — Altamente confidencial? — perguntei.

— Na verdade, sim. E isto aqui também. — Ele tirou mais uma coisa do bolso.

— O quê?

Ele colocou uma pulseira simples de contas no meu pulso. Ela era lisa e, como o pingente, não era chamativa. Imaginei que ela deveria ser daquele jeito para não chamar atenção.

Ele ajustou as contas cuidadosamente ao dizer: — Toque nas contas, mas não as torça.

Coloquei o dedo indicador cuidadosamente nas pedras artificiais frias. — Uma delas é lisa — comentei.

Marcus rapidamente explicou como o dispositivo com spray de pimenta funcionava. Era bem simples. Ao torcer rapidamente a pedra lisa com uma boa mira, um spray altamente concentrado de pimenta era liberado nos olhos do atacante.

— Mire direitinho e certifique-se de ter uma rota de fuga — aconselhou ele. — Se não se mexer depressa, acabará com pimenta em você mesma. Não faça isso em uma área fechada nem se não puder se afastar.

Fiquei maravilhada com os dispositivos incríveis a que Marcus tinha acesso. — Entendi — confirmei — O quê? Não tem um anel combinando?

— Não, mas tenho brincos — mencionou ele em tom casual, tirando um par de pedras pretas do outro bolso.

Eu estava usando um par de brincos que combinavam com a minha camisa branca, mas ele gesticulou para que os tirasse. Rapidamente, livrei-me deles.

— E o que eles fazem? — perguntei enquanto colocava os brincos no furo que tinha nas orelhas.

— Aperte o botão dentro de um deles e o sinal virá diretamente para mim — explicou ele. — E é bom que você o use no primeiro sinal de problemas — resmungou ele.

— Botões de pânico? — perguntei.

— Não espere até entrar em pânico — aconselhou ele. — Quando achar que ele poderá fazer alguma coisa, aperte o maldito botão. Vou estar de olho em você, mas preciso que me sinalize se houver um problema.

Apesar de todas aquelas minúsculas ferramentas serem incríveis, o que realmente me tocou foi o fato de Marcus Colter parecer preocupado.

— Ei — disse eu em tom suave. — Vou ficar bem.

A expressão firme dele não suavizou quando ele colocou a mão na minha nuca. — É bom mesmo. Não se arrisque, Danica. Prometa.

Olhei para ele, encontrando os olhos cinzentos tumultuados. Meu coração ficou apertado quando vi a tensão em seu rosto. — Não vou. Prometo.

— Eu devo estar louco para ajudar você nisso, caralho — murmurou ele.

— Eu que sou louca — corrigi. — Você só está cuidando de mim.

— Parece ser um trabalho que faço bem — disse ele ao abaixar a cabeça para capturar minha boca.

Não consegui evitar de me encostar no corpo dele, abrindo-me quando ele exigiu submissão. Passei os braços em volta do pescoço dele, perdendo-me na força de Marcus por um momento, permitindo-me sentir.

Eu me preparei para o encontro com Becker assim que Marcus me soltou. Porém, por apenas um instante, eu precisava me sentir protegida e o único que conseguiria me fazer sentir menos sozinha era o homem que me segurava como se nunca mais quisesse me largar.

Capítulo 14

Marcus

Fora o pior tipo de tortura assistir Dani entrar no carro e ir embora.

Eu a estava seguindo em um carro bem comum, mas sabia que tinha que manter distância, o que odiei.

Eu deveria ter tirado Danica dessa história toda. O que diabos eu estava pensando?

Eu questionara minha sanidade várias vezes nos dias anteriores. Normalmente, usaria os contatos que pudesse com uma ameaça à segurança nacional. E Becker era certamente perigoso devido ao custeio enorme dos rebeldes.

Mas *ela* não era um contato comum.

E a forma como eu me sentia por tê-la deixado totalmente vulnerável era insana.

Eu não a queria com Becker. Não queria que ela ficasse nem na mesma cidade que ele. Ainda assim, precisava dela para me ajudar a obter acesso a informações críticas que finalmente derrubariam Becker para sempre.

Jett fizera um progresso incrível ao procurar sujeiras de Becker na *dark web*, mas não o suficiente para apresentar aos departamentos necessários para prendê-lo. Becker tinha tantos crimes que seria difícil descobrir *quem* cuidaria do *que* nos crimes governamentais. Mas não era preocupação minha.

Eu queria pegar Becker por muitas coisas, mas o senso de proteção de nosso país contra governos estrangeiros ou terroristas estava impregnado em mim. O que eu mais queria era derrubar Becker para sempre. Depois disso, queria que toda a organização que ferira Dani deixasse de existir e não fosse uma ameaça para o planeta.

Tudo em mim insistia para que deixasse Dani ter acesso às informações. Eu usava qualquer método necessário para deter qualquer um que tentasse prejudicar os Estados Unidos. No entanto, como homem, eu estava tendo muita dificuldade em assistir Danica ser algum tipo de sacrifício.

— Vou tirá-la de lá depressa — murmurei, ainda tentando me convencer de que estava fazendo a coisa certa.

Em teoria, uma pessoa por uma nação era uma troca justa.

Mas não era como eu me sentia naquele momento.

Se Becker pegasse Dani em ação ou duvidasse da lealdade dela a ele, certamente a mataria sem pensar duas vezes.

— Caralho! — explodi, batendo a mão no volante. Meu único consolo era que eu tinha vários departamentos do governo para me ajudar, apesar de, *tecnicamente*, não existir para a CIA.

Eu não era funcionário.

Ninguém tinha um dossiê sobre mim.

As informações que eu obtinha eram colocadas em arquivos de investigação e meu envolvimento rapidamente desaparecia.

Do jeito como eu gostava.

No entanto, eu ajudara bastante gente engomada no governo para que ainda pudesse pedir ajuda a muitas pessoas, incluindo o FBI e alguns outros agentes da CIA.

Observei enquanto Dani entrava em um caminho à minha frente. Fiquei para trás, estacionando a certa distância e desligando os faróis.

Aquele não era o momento para duvidar de mim mesmo. Eu precisava manter a cabeça no lugar e pensar como um espião.

Ela estava com todos os dispositivos em que consegui colocar as mãos para protegê-la e ajudá-la a permanecer sem ser detectada. Suei frio quando observei Dani saindo do carro com uma saia tão curta que ela teve que puxá-la para baixo para cobrir as nádegas. Não era que eu não apreciasse a visão. Mas não queria nenhum outro homem olhando para ela da mesma forma.

Como sempre, ela colocara uma maquiagem pesada demais, mas continuava linda como sempre. Eu a desejei, querendo mantê-la só para mim.

Quando ela desapareceu dentro da casa luxuosa, tive que admitir que ela era a mulher mais corajosa que eu já conhecera. Ela nunca hesitara ao tentar levar notícias internacionais ao mundo e não cedera sob o cativeiro de homens que a atormentaram de todas as formas possíveis.

Agora, ela se jogara no perigo novamente. Talvez estivesse desconfiada, mas estava determinada.

No momento em que eu a conhecera, quisera prendê-la contra a parede. Mas a forma como a desejava agora era totalmente diferente.

Minha! Ela é minha, caralho.

Precisei de todas as minhas forças para não sair do carro e ir atrás dela, tirá-la de algo que poderia feri-la.

O problema era que ela era a mulher mais teimosa do mundo.

Eu batia os dedos no volante impacientemente quando senti meu celular vibrar no bolso da calça. Eu me vestira em busca de conforto e mobilidade, tentando parecer o mais comum possível.

Sem tirar os olhos da casa, peguei o telefone e atendi: — Colter — disse eu abruptamente.

— Marcus? Está tudo bem? — perguntou Jett com voz solene e baixa.

— Acabei de chegar — respondi. — Ela entrou. Estou vigiando a casa.

— Merda — xingou Jett. — Odeio isso.

— Eu também, cara — admiti. — Como estão as coisas aí?

— Ainda bem que valho bilhões — retrucou ele. — Entrar na boate é exaustivo e caro. Mas entrei. O leilão começa daqui a pouco.

— Não importa o quanto custe, pagarei você — disse eu sem reservas. Ruby era amiga de Dani e tínhamos que tirá-la do caminho do perigo.

— Ora, claro que não. Se vou comprar uma virgem, eu mesmo pagarei — respondeu ele. — Estou fazendo isto pela minha irmã. E talvez também um pouco por Ruby. Meu Deus, ela não teve uma vida fácil.

Dani explicara a mim e ao irmão dela como Ruby acabara vítima de tráfico de pessoas. — Eles sempre escolhem as pessoas mais vulneráveis — disse eu a Jett em tom desgostoso.

— É, é uma merda — disse Jett em tom firme. — Que gente doente faz esse tipo de merda?

— Pessoas como Becker e seus lacaios — respondi.

— Eles não só vendem virgens — disse Jett. — Há todo tipo de merda ilegal acontecendo aqui e não acho que a maioria das mulheres presentes esteja aqui por vontade própria ou trabalhando voluntariamente.

— Esse lugar tem que ser fechado — comentei. — Só tire Ruby daí se parecer óbvio. Depois, deixaremos que as autoridades cuidem do resto. Obtenha o máximo de informações que puder.

— Ruby provavelmente terá que depor — disse Jett em tom triste.

— Ela vai. Mas, com sorte, estará tão feliz por escapar que deporá. Jett hesitou antes de dizer: — Tenho que ir. Cuide da minha irmã.

— Sempre cuido — relembrei.

— É verdade — reconheceu Jett. — Provavelmente mais do que ela jamais percebeu. Tenho a sensação de que você sempre esteve de olho nela, de uma forma ou de outra. Mesmo quando ela não percebeu.

Eu não confirmaria o que ele dissera, mesmo sabendo que era verdade. — Talvez — respondi.

— Ela sabe o que você sente? — perguntou Jett.

— O quê? — perguntei inocentemente. — Ela também é como uma irmã para mim.

Jett emitiu um som de desprezo. — Que mentira, cara. Mas você poderá resolver isso mais tarde se ainda não estiver pronto para lidar com a situação. Só mantenha Dani segura.

— É o que pretendo fazer — respondi em tom sombrio.

Conversamos por mais um ou dois minutos, compartilhando os planos para mais tarde, e desligamos para nos concentrar nos nossos objetivos.

Jett levaria Ruby para o meu apartamento, mas, se tudo decorresse tranquilamente, eu teria Dani no meu jatinho assim que ela saísse da casa de Becker. Naquele momento, eu tinha pessoas movendo nossos pertences para o aeroporto e para o jatinho.

Eu não a queria por perto quando tudo explodisse.

Dani

Eu estaria mentindo se tentasse me convencer de que não estava com medo.

Mas, enquanto tentava não me encolher sob o olhar intenso de Becker, tive a segurança de saber que Marcus estava do lado de fora, esperando um sinal caso eu tivesse problemas.

Eu estava determinada que esse homem, que eu vinha encontrando havia semanas, não escaparia de ser processado. Ele era um traidor do meu país e puro mal em todos os outros aspectos.

Tentei não demonstrar aversão quando ele passou a mão no meu rosto. — Estive esperando esta noite, Dani.

Eu tinha certeza disso. A noite em que ele me deixara com o rosto roxo ainda estava fresca na minha mente sempre que olhava para aquele homem. As mulheres não eram nada além de lixo descartável para ele.

— Eu também — murmurei, o que não era uma mentira completa. Eu estava, na verdade, esperando que ele fosse encurralado contra a parede.

Fiquei grata pelas ferramentas que Marcus me dera, pois Becker pegara minhas chaves e minha bolsa no minuto em que passei pela porta, guardando-as em algum lugar desconhecido. Ele era paranoico, mas aquele fora um movimento que eu não estivera esperando.

— Preciso ir ao banheiro — disse eu ao me levantar de onde estava sentada ao lado dele no sofá. Eu tinha que achar o caminho na casa dele. E só de estar perto do homem que me batera com tanta força que eu ainda tinha marcas no rosto me deixava ligeiramente enjoada.

— Depressa — insistiu ele em tom irritado. Ele se levantou e tirou o casaco ao continuar: — Tenho planos para você.

Sorri fracamente e estremeci, sem nem querer saber quais eram aqueles planos.

— Já volto — respondi em tom alegre.

Ele virou a cabeça para a esquerda. — O banheiro é no fim do corredor. Fique longe dos outros aposentos.

— Ok — respondi fracamente ao me virar e andar pelo corredor.

Fechei a porta do banheiro com força suficiente para que ele conseguisse ouvir. Em seguida, encostei-me na porta.

Merda! Como vou a algum lugar quando ele me observa como um falcão?

— Eu consigo, eu consigo — sussurrei sem parar como se fosse um mantra.

O problema era que eu vira o lado feio e violento de Gregory Becker, o que me deixara muito assustada. Eu vira a mesma expressão quando fora brutalizada pelos sequestradores.

Sem vida.

Morta.

Sem emoção.

Onde não havia consciência, não havia hesitação em ferir, machucar ou matar.

Eu não tinha dúvidas de que, como meus carrascos no Oriente Médio, Becker gostava de causar dor e sofrimento. Na verdade, eu tinha certeza de que ele era excelente nisso.

Eu me afastei da porta do banheiro, vendo meu reflexo no espelho enquanto me movia. Minha blusa branca era quase transparente, mas, sob ela, eu usava um sutiã branco. Eu parecia uma prostituta tentando atrair um homem com camadas de maquiagem e um batom vermelho. A expressão assustada nos meus olhos não poderia continuar. Não importava o que acontecesse, eu não me abaixaria diante de Becker. Eu estava interpretando um papel que me daria o que queria.

Virei de costas para o espelho com a mente acelerada. Eu achava que tinha visto o que parecia um escritório a caminho do banheiro. Fazia sentido que ele estivesse localizado no térreo.

A casa era além de pretensiosa, com uma decoração opulenta de ouro, um fato que me disse que ele achava que tinha algo a provar. Tudo o que eu vira até o momento era espalhafatoso.

Dei descarga no vaso sanitário para parecer que eu realmente o usara e para abafar o barulho quando girei a maçaneta gentilmente, abrindo a porta do banheiro o suficiente para conseguir escapar.

Não ouvi nada da sala de estar ao sair e entrar na porta aberta que eu vira a caminho do banheiro. O luar banhava o aposento com uma luz tênue.

Corri até a mesa e acendi o abajur, escutando para ver se havia passos no corredor.

Em silêncio, abri todas as gavetas da mesa, procurando algum sinal de papéis.

Merda! Nada!

Eu estava prestes a desistir quando vi uma prateleira ao lado da mesa. Meu coração bateu com força quando vi um livro grande que parecia fora do lugar perto de alguns clássicos.

Puxei o livro sem título e abri-o sobre a mesa.

Bingo!

Era um livro de transações, dinheiro ilegal enviado por várias empresas de fachada e contas no exterior para esconder a receita dos negócios mais sombrios dele. Não pensei, só comecei a usar o pingente que Marcus me dera para obter os registros e os nomes das empresas.

Eu me movi o mais depressa possível, fotografando o máximo de informações que consegui em um tempo curto. Os valores e as datas não eram importantes como capturar os nomes das empresas e as contas.

Fiquei maravilhada com o fato de Becker nem se dar ao trabalho de esconder exatamente de onde vinha o dinheiro. Havia entradas de tráfico humano, prostituição e tráfico de drogas no livro.

Talvez ele tenha sido arrogante demais em relação a cobrir os rastros. Ele obviamente faz isso há anos. Ninguém nunca investigou fundo o suficiente para seguir o dinheiro.

Eu estava colocando o livro de volta na prateleira quando ouvi passos.

— O que caralho você está fazendo aqui? — perguntou Becker com tom furioso.

Movi a mão lentamente. — Eu só estava admirando sua coleção de livros. Você tem alguns clássicos incríveis — menti, pensando rapidamente em como me dar cobertura.

Merda! Eu quase conseguira sair antes de ele ir atrás de mim.

— Eu lhe disse para não ir a lugar nenhum, exceto ao banheiro — disse ele em tom sombrio.

Eu me encolhi por dentro quando ele andou até o meu lado. A fúria em sua expressão era aterradora.

— O que mais estava fazendo? Piranha, está me espionando?

— É claro que não — respondi em tom inocente. — Só gosto de livros.

— Você entrou aqui por acaso?

— Sim.

— Mentira — explodiu ele. — Odeio gente mentirosa e você não está me dizendo a verdade.

— Estou. Juro que estou — respondi em tom suplicante. — Por que mais eu estaria aqui?

— Não sei. Por que você não me diz? — exigiu ele.

Levei um susto quando ele agarrou meus cabelos, puxou minha cabeça para trás e senti o metal frio contra o rosto. Pelo canto do olho, confirmei o que já sabia. Ele segurava uma arma contra o lado da minha cabeça.

— Diga! — gritou ele. — O que diabos estava procurando?

— Nada. Só parei aqui porque vi a prateleira.

Engoli em seco, tentando não pensar na arma apontada para a minha cabeça.

Ainda segurando meus cabelos e a arma perto do alvo, ele me empurrou para que eu ficasse à sua frente. — Mexa-se — disse ele com voz ameaçadora, empurrando-me para que eu começasse a andar.

— Para onde? — perguntei, tentando não deixar o medo assumir o controle.

— Vamos dar uma volta, caralho. Não confio em você aqui.

Meu coração acelerou quando tropecei na frente dele por causa dos saltos altos. A sensação era que ele estava prestes a arrancar meus cabelos.

Marcus! Sinalize para Marcus.

Não havia como escapar de Becker. Se eu liberasse o spray de pimenta, não havia garantia de que ele não atiraria em mim imediatamente.

A única forma de obter ajuda era envolver Marcus na confusão que eu acabara de criar. Mas eu estava com medo que ele se ferisse ou acabasse morto. Eu não tinha como avisar a ele que Greg estava armado.

Hesitei quando Becker me empurrou para fora da casa e em direção ao carro, tentando pensar em como poderia me tirar daquela situação sem que Marcus se machucasse.

Como comandado, sentei no banco do passageiro passando pelo banco do motorista. Ele manteve a arma em mim o tempo inteiro.

— Você pagará por sua traição, vadia. Ninguém bisbilhota perto de mim e vive para contar a história — gabou-se ele ao sentar no banco do motorista.

— Greg, eu não estava bisbilhotando. Só estava olhando seu escritório — disse eu, tentando argumentar com um louco.

— Eu lhe disse o que fazer e você tinha que sair bisbilhotando. Eu disse para ficar longe das outras salas. Você pediu.

Meu Deus! Ele era tão paranoico que eu não conseguiria conversar.

Ele apertou o botão para ligar o carro e comecei a pensar se deveria ou não apertar o botão de pânico para pedir ajuda a Marcus.

Àquelas alturas, ele provavelmente já nos vira. A casa era recolhida, mas, se ele estava na rua, talvez já soubesse o que estava acontecendo. Se entrasse na situação sabendo que Becker tinha uma arma, talvez fosse mais cuidadoso.

Meus pensamentos se dissiparam em um instante quando as luzes dentro do carro acenderam e Becker foi distraído temporariamente por um homem parado ao lado da porta aberta do motorista. A arma que estava mirada em mim tremeu por um momento e demorei apenas alguns segundos para descobrir o motivo.

— Vou levar este carro, idiota. Saia ou explodirei sua cabeça — rosnou Marcus em tom baixo e agitado.

Como Becker, Marcus tinha uma arma que estava apontada para a cabeça de Greg.

Como se eu estivesse assistindo tudo em câmera lenta, a arma se afastou de mim e começou a virar para Marcus.

Virando uma pedra, atingi a marca com o spray de pimenta na minha pulseira. Um grito de dor escapou da boca de Becker quando tentei pegar a arma dele.

Marcus se mexeu mais depressa que eu, agarrando a camisa de Becker e puxando-o para fora do veículo. Em seguida, jogou-o no chão ao mesmo tempo em que interceptava a arma dele.

Ele pulou para o banco do motorista e acelerou, garantindo que tivesse a chave antes de deixar Becker gritando no chão.

Procurei o controle das janelas, abrindo a do meu lado o mais depressa possível por causa do spray de pimenta.

Esforcei-me para respirar, com o coração galopando ao perceber que escapara com Marcus.

— O que está fazendo? Para onde vamos? — perguntei com pânico na voz.

— Aqui perto — respondeu ele em tom direto.

Paramos a poucos quarteirões da casa de Becker. — Vamos sair?

— Entre no meu carro. Vá! — disse ele em tom urgente.

Cambaleei para fora do carro esportivo de luxo e fui para o veículo que vira Marcus dirigindo mais cedo. Eu mal fechara a porta quando ele pisou no acelerador e afastou-se em alta velocidade do veículo abandonado.

Não falei enquanto Marcus dirigia. Meu corpo ainda estava tremendo e eu ainda tentava entender o que acabara de acontecer.

Marcus aparecera do nada e eu certamente procurara algum sinal dele quando Becker me levara para fora. Tudo acontecera muito depressa. Só o que eu conseguira processar era o fato de que Becker tentara atirar em Marcus. Eu agira completamente por instinto quando liberara o spray de pimenta.

Finalmente, eu disse em um sussurro: — Você está seguro. Nós dois estamos seguros.

— Eu estava precisando de ajuda antes de você usar o spray — disse Marcus em tom tenso. — Se estava com problemas, por que não sinalizou para mim?

Era uma pergunta razoável. Eu só não sabia como responder.

Capítulo 16

Jett

Eu fizera algumas coisas bem loucas na vida, mas o que acontecia diante dos meus olhos era uma das coisas mais estranhas que já vira.

Observei quando uma mulher nua saiu do palco, obviamente feliz por seu corpo ter atingido um preço alto, a julgar pelo sorriso dela. Pelo jeito, nem *todas* as mulheres ali eram vítimas, mas eu não tinha dúvidas de que muitas tinham passado por lavagem cerebral ou forçadas a estarem naquela situação.

Meu Deus!

Que mulher gostaria de ser vendida, como se seu valor não fosse nada além de monetário? Provavelmente não muitas.

Eu fizera algumas coisas ruins no passado, normalmente para salvar vidas ou impedir que as pessoas se ferissem. Fizera muitas invasões ilegais em computadores. Eu até mesmo usara uma arma para disparar em terroristas quando trabalhava com Marcus para a OPR. Talvez fosse o cara da tecnologia, mas todos nós tínhamos habilidades com armas de todos os tipos.

Mas eu nunca, nem nos meus piores sonhos, imaginara as atrocidades que aconteciam na boate naquela noite.

Meu corpo enrijeceu quando percebi que o *grand finale* da noite, a venda da virgem, estava prestes a acontecer.

Ouvi homens falando em sussurros roucos quando uma mulher nua subiu ao palco, ficando sob o holofote. Meu coração praticamente parou.

A mulher parecia jovem, provavelmente mal tinha idade para beber, se não fosse mais jovem que isso. Eu não tinha dúvidas de que era Ruby e já sabia que ela tinha quase vinte e três anos, mas parecia ter saído diretamente do ensino médio. O corpo dela era jovem e cheio de curvas. A boceta fora obviamente depilada para fazer com que parecesse ainda mais jovem do que parecia naturalmente.

Pelo amor de Deus, até mesmo os cabelos dela estavam presos em dois rabos de cavalo nos lados da cabeça e ela não tinha maquiagem nenhuma... não que precisasse.

Ela era linda de uma forma totalmente terrena. Mas foi a expressão dela que fez meu coração fazer coisas estranhas que nunca fizera antes.

Ela estava com a cabeça bem erguida, mas percebi o medo em seus olhos. Eu conseguira uma mesa perto do palco e vi quando ela engoliu em seco, tentando reunir coragem para manter o queixo erguido.

Ela tremia, apesar de estar tentando abraçar o próprio corpo para esconder e parar o tremor. Quando o homem segurando uma corrente fina em volta de sua cintura bateu em suas mãos para afastá-las do corpo e colocá-la de forma que ficasse mais à vista, tive que me segurar para não pular no palco e estrangular o idiota.

Uma voz soou nos alto-falantes. — O que você daria para ter essa jovem bonita em seu quarto? Ela é cem por cento virgem e pronta para o que você tiver em mente. Ou talvez você prefira uma masmorra onde poderá atormentá-la lentamente antes de obter aquilo pelo que pagou. Um prêmio como este vale qualquer preço. Ela está com medo e tenho a sensação de que lutaria bastante. Imagine puni-la por ser uma garota malcriada. Cavalheiros... vamos começar os lances.

Minhas entranhas se reviraram. *Jesus!* Eu tinha que admitir que já fizera de tudo e podia ser tão pervertido quanto qualquer outro homem. Mas aquilo era difícil *demais* para que me sentisse confortável observando.

A jovem parecia impotente e quase senti a dor e a humilhação dela.

Tentei capturar o olhar dela, mas ela ainda olhava diretamente à frente, com a cabeça erguida como se estivesse tentando salvar o orgulho.

Franzi a testa ao olhar com mais cuidado, percebendo que ela mordia o lábio inferior.

Meus instintos protetores subiram à superfície. A necessidade de salvar aquela mulher de mais dor e humilhação foi tão forte que tive que me forçar a permanecer sentado.

Os lances eram ridículos, uma tortura lenta que quase tive vontade de terminar oferecendo qualquer preço por ela.

Fique calmo. Fique tranquilo.

Olhei em volta do salão, observando alguns velhos ricos praticamente salivando para colocar as mãos na mulher que estava no palco.

Eu também a queria. Eu não era inocente. Mas, naquele momento, estava mais desesperado para resgatá-la do que para trepar com ela.

Eu não queria uma mulher aterrorizada.

Só o que eu queria era uma mulher que realmente *me* quisesse, agora que estava danificado. Mas Lisette já me ensinara uma lição sobre querer mais do que eu poderia ter.

Eu era defeituoso e certamente nunca encontraria alguém que não se encolhesse ao ver minhas cicatrizes. Ora, algumas vezes, até mesmo eu evitava olhar os ferimentos do meu corpo.

Sinalizei para o leiloeiro, se era que podia chamá-lo assim, para aumentar meu lance.

Eu não deixaria o prédio sem Ruby.

Os lances atingiram os seis dígitos e os homens começaram lentamente a desistir, com olhares desgostosos. A quantidade de dinheiro sendo oferecida não era nada para mim. Eu tinha mais dinheiro do que conseguiria gastar em várias vidas. Eu não me importaria se chegássemos a valores de sete dígitos ou mais.

Eu tinha acabado de fazer o lance quando subitamente ergui os olhos e encontrei o olhar de Ruby. A expressão atormentada dela me deu vontade de pegá-la no colo, enrolá-la em algo quente e levá-la para casa comigo.

Eu sabia algumas coisas sobre a vida dela que Dani me contara.

Ela era uma mulher que nunca conhecera a bondade.

Ela era uma mulher que normalmente passara frio, indefesa e sozinha nas ruas.

Ela sentira fome.

Ela sentira medo.

E, por Deus, eu mostraria a ela que nem *todas* as pessoas eram más.

Ruby merecia coisa muito melhor do que a vida horrível que tivera.

Lancei a ela uma piscadela conspiradora e um sorriso. Fui recompensado pelo primeiro toque de emoção dos olhos escuros e torturados.

Por apenas um instante, vi um brilho de esperança em seu rosto antes que sumisse depressa.

Dani não dissera a Ruby exatamente como a ajudaria. Porém, torci para que ela entendesse que a última coisa que eu queria era machucá-la.

Finalmente, dou-lhe uma para Ruby.

Dou-lhe duas.

Vendida ao cavalheiro na fileira da frente.

Soltei um suspiro de alívio.

Ruby iria para casa comigo.

Capítulo 17

Dani

—Marcus, esta pressa toda é realmente necessária? — perguntei ao afivelar o cinto de segurança para a decolagem do jatinho enorme dele.

— Sim — respondeu ele.

Ok, ele estava furioso comigo por não ter sinalizado que precisava da ajuda dele. Talvez eu devesse ter explicado que ficara com muito medo de que algo acontecesse com ele, mas, em vez disso, usara uma desculpa esfarrapada.

Ele não tinha gostado da minha explicação.

Portanto, ele tinha ficado praticamente em silêncio enquanto dirigia feito um louco até o aeroporto.

Sinceramente, toda aquela ideia de roubar o carro fora brilhante. O ardil e a falta de conexão entre eu e Marcus foram perfeitos. Eu já entregara a câmera minúscula a um agente governamental que o pegara quando chegamos no jatinho de Marcus, partindo quase imediatamente para que as informações fossem analisadas.

Se conseguissem obter o que precisavam, Becker *seria* preso. Se Greg achava que Marcus era só um ladrão de carros ou um brutamontes, não ficaria desconfiado de que alguém talvez estivesse de olho nele. Provavelmente acreditaria que o criminoso que roubara o carro e a mulher dentro do veículo tinham desistido ao me encontrarem dentro dele e nós dois tínhamos fugido. Ou, pelo menos, era nisso que eu esperava que ele acreditasse. Isso daria tempo às autoridades para fazer o que fosse necessário para prender o filho da puta.

Eu sabia que íamos para Rocky Springs, pois ouvira Marcus falando com o piloto. — Nem tenho mais casa no Colorado — informei a ele.

— Você ficará na minha casa — respondeu ele em um tom de voz que não permitia discussão.

— Tenho escolha nessa decisão?

— Não — respondeu ele em tom direto.

— E você vai continuar furioso comigo?

Eu poderia ter mencionado que tinha uma irmã no Colorado, com quem certamente poderia ficar ao chegar. No entanto, percebi que aquele não era um bom momento para discutir com ele.

Marcus era... bem... *ele era Marcus*. O que significava que ele era muito mandão, o que poderia ser incrivelmente irritante. Mas era difícil ficar brava com um homem que vivia salvando minha pele.

— Provavelmente — resmungou ele.

— Eu queria que você *não* ficasse — comentei. — Você salvou minha vida esta noite.

— De novo — disse ele em tom mal-humorado.

Sim, ele *salvara* minha pele duas vezes. E eu era grata. Mas não queria passar a viagem inteira para o Colorado com ele de mau humor. — Obrigada — disse eu, colocando a mão no braço dele em gratidão.

— Não me agradeça. Estou começando a achar que meu objetivo na vida é garantir que você continue viva.

O fato de que ele se importava o suficiente para continuar salvando-me era incrível. Marcus era um dos homens mais ricos do mundo e tinha muito a fazer. Não precisava se preocupar, mas preocupava-se mesmo assim. Isso dizia muito sobre o coração dele e a bondade enterrada sob o exterior sarcástico e rabugento.

— Eu não queria que Becker machucasse você — disse eu depressa. — Eu estava com medo porque ele tinha uma arma. Não queria que ele pegasse você de surpresa, fazendo com que se machucasse ou morresse por minha causa.

Marcus ficou em silêncio por um momento antes de dizer: — Se eu alguma vez tivesse deixado alguém me pegar de surpresa, já estaria morto. Pelo amor de Deus, Danica, não é como se eu não soubesse que aquele filho da puta tinha mais de uma arma.

— Eu não podia arriscar — disse eu ao tirar a mão do braço dele.

— Deveria ter arriscado — argumentou ele. — *Jesus!* Eu nunca superaria se algo acontecesse com você. Isso teria me destruído.

Meu coração deu um salto quando percebi que a raiva dele era toda por mim, gerada por medo pela minha segurança.

Ai, Marcus. Você é um homem melhor do que imagina.

Talvez ele fosse formidável, mas o cara tinha um coração bom.

— Eu estava disposta a correr o risco — relembrei.

Ele virou a cabeça e encarou-me com os olhos cor de aço. — Eu não — rosnou ele. — Odiei essa ideia desde o começo. Ele machucou você?

Balancei a cabeça devagar, maravilhada com a emoção volátil que vi no olhar dele. — Não. Não machucou.

Senti o jatinho nivelar e o aviso do cinto de segurança desligou.

— Preciso ir ao banheiro — disse eu quando minha cabeça começou a girar.

Soltei o cinto de segurança e cambaleei para levantar.

Marcus ajudou a me equilibrar. — Você está bem?

— Sim — murmurei. — Vou ficar bem.

Usei as poltronas para e apoiar enquanto me apressava até o banheiro. Ao fechar a porta, baixei o assento do vaso sanitário e sentei.

Eu chegara lá bem na hora.

Minha testa estava cheia de gotas de suor e meu coração disparou enquanto eu me esforçava para respirar. Um barulho alto começou a zunir na minha cabeça e as lágrimas correram pelo meu rosto. Coloquei a mão no balcão da pia, torcendo para que a sensação desaparecesse.

Mas ela pareceu que ia durar para sempre.

— Danica? Dani? Qual é o problema? — ouvi Marcus dizer. A voz dele era abafada pelo zunido nos meus ouvidos.

Eu fiquei mergulhada no meu mundo estonteado e sem fôlego pelo que pareceu um tempo sem fim antes de começar a me recompor.

— Dani! — chamou Marcus, exigindo que eu respondesse.

O problema era que eu não conseguia dizer nada. Não até que meu corpo pertencesse novamente a mim.

Coloquei a mão trêmula na coxa, inclinando-me para a frente para conseguir um pouco de ar. A sensação era de que eu estava engasgando, mas sabia que não.

Finalmente, a neblina começou a clarear e respirei um pouco mais fundo.

— Vou fazer um pouso de emergência — disse Marcus em tom enfático. — Acho que você precisa ir a um hospital.

Ao voltar para o meu corpo, protestei: — Não. Não faça isso.

Ele estava ajoelhado à minha frente, segurando um pano frio contra minha testa suada. — Não sei o que está errado...

— Eu sei. Dê-me um minuto — pedi. Comecei a respirar mais fundo e endireitei o corpo, pegando o pano da mão dele para limpar o rosto.

— Seu rosto está começando a ficar corado. Meu Deus! Você estava branca como um fantasma. O que aconteceu?

— Um ataque de pânico — respondi. — Faz muito tempo que não tenho um ataque desses. Acho que o que aconteceu esta noite provocou o ataque. Mas vou sobreviver.

Fiquei mortificada por ter desmoronado na frente ele, mas eu esquecera que o banheiro tinha uma entrada para o quarto. Fora por lá que ele entrara.

— Você tem ataques de pânico? — perguntou ele em tom gentil. — Desde o incidente um ano atrás?

Assenti no momento em que me senti mais estável, com meu coração voltando ao ritmo normal. — Achei que tinha superado os ataques. Eles eram muito ruins depois que voltei aos Estados Unidos um ano atrás. Com a terapia, lentamente me recuperei da síndrome pós-traumática e da ansiedade. Mas acho que não completamente. Desculpe.

Ele segurou as minhas mãos ao dizer: — Não se desculpe por algo que não consegue controlar. Se a única coisa que sobrou é um ataque de pânico ocasional, você está indo muito bem. Meu Deus, Dani. Você foi até o inferno e voltou. Por que não dá um tempo a si mesma?

— Ajuda se eu estiver ocupada — respondi fracamente.

— Você pode se ocupar com algo seguro — retrucou ele com voz grave. — Como está se sentindo agora?

— Estou bem agora. Odeio não ter controle quando os ataques acontecem. Parece que não consigo respirar, fico muito tonta e desconectada, e meu coração parece que bate um milhão de vezes por minuto. É constrangedor e eu me sinto muito impotente. Minha última experiência foi meses atrás. Aprendi a lidar com eles, mas acho que ainda acontecerão de vez em quando, especialmente se eu estiver estressada.

— Vou ajudar você. Basta me dizer do que precisa que eu busco.

Ele soou tão sincero que meu coração ficou apertado. — Acabou. Vou ficar bem. Só preciso tomar um banho e tirar estas roupas.

Eu tinha certeza de que a quantidade de suor que meu corpo expulsara me deixava fedida.

— O que posso fazer? — Ele começou a tirar os sapatos de saltos ridiculamente altos do meu pé.

— Você já está fazendo — respondi com um sorriso.

— O quê?

— Ajude-me a tirar estas roupas — pedi.

Ele jogou os sapatos para o lado, endireitou o corpo e puxou-me gentilmente para que eu levantasse. — Vou ficar ao seu lado caso fique tonta de novo.

— Não acho que acontecerá de novo. Eles não costumam acontecer tão juntos. Mas eu ainda gostaria da sua ajuda. — Minhas mãos estavam tremendo quando comecei a desabotoar a blusa.

Marcus afastou minhas mãos e começou a soltar os botões. — Deixe que eu faço isso.

— Quer tomar banho comigo, Marcus? — Eu não estava sofrendo de nenhum efeito além de estar cansada. Agora que liberara o estresse que se acumulara, eu estava bem.

Eu aprendera com a terapia que os ataques de pânico não me matariam, mas um lunático quase tirara a minha vida mais cedo. Talvez fosse o lembrete de como a vida podia ser frágil que me fizera ter vontade de conseguir exatamente o que eu queria.

— Por quê? Você disse que ficaria bem — relembrou ele ao puxar a blusa dos meus ombros.

— Porque eu quero que você tome banho comigo — confessei. — Você me perguntou se eu precisava de alguma coisa. A única coisa de que *realmente* preciso é você.

Marcus

Eu não sabia se conseguiria vê-la nua e não querer trepar com ela.

Ora, eu não conseguia nem vê-la *vestida* sem querer o mesmo.

Depois que ela me deixara muito assustado mais cedo naquela noite e, poucos minutos antes, estivera suando muito e esforçando-se para respirar, minha necessidade de estar dentro dela era ainda mais forte.

Odiei o fato de ela ainda sentir efeitos do tempo como prisioneira, mas era compreensível. Ela fora muito corajosa e eu sabia que a investigação mais recente devia tê-la afetado muito.

Eu queria deixá-la segura e protegida.

Porém, também queria vê-la gozar para mim.

Ela estava oferecendo e eu me senti impotente para recusar. *Mas...*

— Dani, não vou tirar vantagem de você agora. Foi um dia realmente estressante. A sua adrenalina ainda está alta.

Observei enquanto ela tirava a saia. — A forma como preciso de você não tem nada a ver com adrenalina, Marcus. Está lá. Sempre esteve lá. Eu só tentei ignorar. Mas, quando percebi esta noite que poderia morrer em questão de segundos, entendi que, às vezes, tenho que parar de ser cautelosa. Tenho que pedir o que preciso.

Ela tinha razão. Nossa conexão instantânea que começara anos antes enquanto nós dois estivéramos em locais perigosos *sempre* estivera presente. Eu quisera Dani por um tempo muito longo, mas os dois tinham optado por ignorar isso. Ora, eu chegara ao ponto em que não conseguia mais controlar meu desejo e estava cansado de lutar contra ele.

Ela era irmã do meu melhor amigo. Dani deveria estar fora do meu alcance. No entanto, eu não tinha como negá-la naquele momento.

— Não quero que você se arrependa disso — falei com sinceridade.

Segurando a cintura da minha calça, ela disse: — Eu nunca me arrependerei de *você*.

— Isto não será só um caso para nenhum de nós dois — avisei. — Ficaremos juntos e veremos como as coisas andarão dali em diante. Não vamos nos separar até que nós dois estejamos prontos para isso.

— Ok — concordou ela prontamente.

— Não poderemos recuar — avisei.

— Não me importo — murmurou ela ao liberar o par de seios mais perfeito que eu já vira ao puxar o sutiã sobre a cabeça e soltá-lo no chão.

— Então foda-se — murmurei. Meus olhos passearam pelo corpo cheio de curvas que agora estava quase nu, exceto pelas meias e uma calcinha minúscula. — Eu nunca disse que era santo e certamente não me sinto um agora. Se você me quer, sou seu.

— Eu quero você — respondeu ela quase imediatamente.

— Então que Deus nos ajude — disse eu, pegando-a nos braços para que pudesse carregá-la para a cama.

— Eu provavelmente estou fedida — avisou ela. — Eu estava toda suada.

— Não está — garanti. Ela tinha o doce perfume do pecado para mim.

A angústia entre nós se dissipou e eu não conseguia pensar em nada além de como parecia certo ter o corpo dela contra o meu, pele contra pele.

Eu a abaixei gentilmente sobre a cama. Não podia me mover depressa demais. — Você esteve com alguém desde que aqueles filhos da puta estupraram você?

Eu tinha certeza de qual era a resposta à minha pergunta, mas tinha que perguntar a ela mesmo assim. Se eu fosse o primeiro para ela depois do incidente do sequestro, tínhamos que fazer tudo devagar e com calma.

— Não. Eu não quis mais ninguém. Só estive com dois caras antes e ninguém desde que fui estuprada pelos terroristas. Agora, o único homem que eu quero é você.

Merda! O que diabos eu poderia dizer? Estava feliz por ser o primeiro cara que ela quisera em muito tempo, mas também estava com receio de Dani ainda não estar pronta para estar com alguém.

Tirei a calça *jeans* e joguei-a no chão. — Dani, tem certeza de que está pronta para isso?

Eu já estava de pau duro, mas ele endureceu ainda mais quando os olhos dela passearam pelo meu corpo como se ela quisesse me devorar.

— Estou muito mais do que pronta. Por favor, Marcus — pediu ela com tom vulnerável.

Deitei ao lado dela e, em seguida, fiquei sobre ela enquanto encontrava seu olhar cheio de desejo. — Jesus! Você é tão linda — disse eu com voz rouca.

Estremeci quando ela colocou as mãos no meu peito para acariciar os músculos. Em seguida, as mãos desceram para os meus bíceps.

Parei por um momento, apenas absorvendo a sensação das mãos dela no meu corpo. Eu quisera isto por tanto tempo que era quase surreal. Finalmente, abaixei a cabeça para beijá-la.

No minuto em que ela se abriu para a minha exigência, eu *soube* que estava totalmente perdido. Eu sentira desejo por aquela mulher por tanto tempo que meu corpo estava tenso enquanto me segurava.

Aceitei tudo o que ela me deu e pedi mais.

Finalmente, levantei a cabeça e enterrei o rosto no pescoço dela, devorando a pele macia enquanto a ouvia gemer. Tudo o que eu queria era explorar o belo corpo dela, fazer com que gemesse mais alto.

— Marcus — disse ela com a voz ofegante quando coloquei a boca sobre um dos mamilos, determinado a garantir que ela não pensasse em mais ninguém, exceto em mim.

Minha! Ela sempre esteve destinada a ser minha.

Ouvi e observei as reações dela com cuidado, sem querer fazer com que entrasse em pânico. Não havia chance alguma de eu *não* saborear aquela experiência, mas meu pênis insistia para que me apressasse.

— Isto é tão gostoso, Marcus — disse ela com a voz trêmula.

— Pois está prestes a ficar muito melhor — respondi, endireitando o corpo por um instante para tirar a tanga que ela vestia.

Ela ajudou, levantando as nádegas enquanto eu tirava o pequeno pedaço de seda de seu corpo.

Caralho! Um movimento errado e o traseiro dela teria aparecido sob a minissaia. Só o que ela precisaria fazer era dobrar o corpo do jeito errado.

— Tenho um relacionamento de amor e ódio com estas coisas — resmunguei, jogando a calcinha para fora da cama.

Ouvi quando ela reprimiu uma risada. Tive certeza de que ela sabia exatamente o que eu estava pensando quando disse: — Quer que eu tire as meias?

Elas iam até quase o topo das coxas, presas por uma faixa preta de renda.

— Não — decidi. — Fique com elas.

Corri a mão pelas coxas dela, adorando a sensação sedosa das meias, mas foi muito melhor quando cheguei à pele macia exposta.

Ela deu um salto, mas não se afastou quando abaixei o corpo entre suas coxas. Meu coração estava acelerado enquanto eu explorava a pequena faixa de pele sensível acima das meias com os polegares. Em seguida, coloquei o dedo em seu calor sedoso, separando as dobras, e sendo recebido por uma umidade que me fez prender a respiração.

Meu Deus! Ela realmente me quer.

A boceta dela estava molhada, quente e mais do que pronta para meu pênis insistente. Mas eu o ignorei. O que eu realmente queria era sentir o gosto dela, devorar seus fluidos até ficar satisfeito.

Ouvi-a gemer quando enterrei meu rosto entre suas coxas, lambendo cada centímetro da boceta doce com a língua e pressionando o clitóris de leve.

— Ai, meu Deus, Marcus. Isso.

Depois dessas palavras desesperadas, ela agarrou meus cabelos, pedindo-me que a fizesse explodir de prazer.

Não me apressei, lentamente aumentando a tensão no corpo dela ao estimular cada vez mais o minúsculo feixe de nervos, o que sabia que a faria gozar.

Ela ergueu os quadris, um movimento feito unicamente para tentar se satisfazer. Ela esfregou o corpo contra minha boca, silenciosamente insistindo para que lhe desse mais.

Eu me embriaguei no gosto dela e no embalo erótico de seus quadris que encontravam cada movimento da minha língua.

Ela estava desesperada ao pedir: — Faça-me gozar, Marcus. Por favor, faça-me gozar.

Eu não queria parar, mas percebi a tensão na voz dela e a última coisa que queria era deixá-la confusa. Haveria tempo suficiente mais tarde para uma gratificação mais demorada. Por enquanto, eu só queria lhe dar tudo o que ela queria.

Concentrei-me no pequeno botão latejante, passando a língua sobre ele com força e deixando que Dani voasse um pouco mais alto.

Ela puxou ainda mais meus cabelos e minha boca fez cada vez mais pressão enquanto eu a ouvia respirar depressa.

Goze para mim, Dani. Vamos. Solte-se.

Continuei a provocar o clitóris, mas usei a outra mão para penetrar o canal dela, usando um dedo para abri-la e, em seguida, dois para satisfazê-la.

Ela se contorcia sob minha boca, com a respiração pesada e rápida, quando senti seu corpo enrijecer. Um grito estrangulado saiu dos lábios dela quando senti as paredes internas de seu canal contraindo-se nos meus dedos.

— Isso. Assim. Isso. — O entoar dela era incoerente e perdi quaisquer outras palavras que talvez ela tivesse dito. A única coisa que eu conseguia ouvir, alto e claro, era a aceitação dela do orgasmo.

Eu estava suando ao imaginar aquele canal apertado e escorregadio em volta do meu pênis.

O canal dela se contraiu em volta dos meus dedos e seu corpo começou a tremer quando o orgasmo a atingiu com toda a força. Ela arqueou as costas e empurrou os quadris, com os dedos agarrando violentamente meus cabelos.

Lambi o fluxo de fluido que saiu da boceta dela, saboreando cada gota.

— Meu Deus, Marcus. O que diabos foi isso? — exclamou ela quando seu corpo começou a relaxar.

Eu me movi para cima pelo corpo dela lentamente. — Acredito que isso se chama orgasmo — informei a ela.

— Eu já *tive* orgasmos. Eu me masturbo. Mas isso foi... diferente.

Tentei com todas as forças não pensar nela masturbando-se. Era uma imagem que, a partir de agora, provavelmente ficaria perpetuamente impressa no meu cérebro.

Deitei ao lado dela enquanto Dani recuperava o fôlego, movendo um dos meus dedos lambuzados para seus lábios. — É esse o seu gosto — disse eu, observando quando ela abriu a boca e chupou meu dedo.

Meu pênis se contraiu, imaginando aquela boca sensual com outra coisa que não um dos meus dedos.

Ela chupou meu dedo por um momento antes de soltá-lo. — Incrível — disse ela simplesmente.

Afastei os cabelos úmidos do rosto dela. — Sim, você é — respondi, deliberadamente interpretando errado o significado.

Ela era muito responsiva.

Tão pronta para mim.

Tão destemida.

Beijei a testa dela enquanto ela recuperava o fôlego e, em seguida, deitei de costas. Todos os instintos no meu corpo a queriam, precisavam trepar com ela e torná-la minha.

Mas meus instintos protetores subiram à superfície, dizendo que talvez eu a tivesse forçado até onde ousava no momento.

Capítulo 19

Dani

Meus olhos estavam fechados e senti meu corpo tão sensível que conseguia acompanhar cada respiração entrando e saindo dos pulmões.

O que Marcus fizera e a forma como me fizera sentir tinham me deixado absolutamente atônita. Eu entrara em um mundo de prazer sensual puro, um espaço de onde nunca mais queria escapar.

— Aquilo foi... — Ora, eu não tinha palavras. Queria dizer a Marcus como me sentia, mas como poderia agradecer por algo que eu nunca soubera que existia? — Orgásmico — terminei com um sussurro rouco, sabendo que o que dissera fora uma idiotice, mas sem saber como descrever.

Eu tinha experiência sexual anterior, mas nada nunca parecera como *aquilo*. O prazer fora tão intenso que fora *quase* doloroso. O fato de Marcus parecer ter adorado cada momento da experiência fizera com que fosse ainda mais poderosa.

Eu me recuperei lentamente e, em seguida, percebi que Marcus estava deitado de costas.

Rolando o corpo para ficar de lado, apoiei a cabeça em um travesseiro e perguntei: — Está tudo bem?

O braço dele cobria os olhos. — Sim. Estou bem.

Ele não soou *bem*. Na verdade, pela voz, parecia estar em uma situação difícil.

— Qual é o problema? — insisti.

Ele rolou de lado para me encarar. Ele correu os dedos pelos meus cabelos ao dizer: — Não há problema nenhum. Ver você daquele jeito foi muito incrível.

Marcus estava sendo sincero, percebi isso em seus olhos.

— Então por que está esperando? Já me recuperei e não há nada que eu queira mais que você — disse eu em tom hesitante.

Ele soltou um suspiro muito masculino. — Ainda me lembro de como você estava assustada quando a beijei no jatinho, logo depois do seu resgate. Dani, nunca mais quero ver aquela expressão em seu rosto.

Eu me apoiei no cotovelo. — Espere um minuto. Você acha que estou com medo?

Ele fez o mesmo que eu, apoiando a cabeça na mão. — Não está? Você ainda tem ataques de pânico, Dani, e não esteve com ninguém desde que foi estuprada pelos terroristas.

Uma ternura pelo homem ao meu lado invadiu meu corpo e parou no meu coração. Ele estava com medo por mim, preocupado que eu não estivesse pronta para fazer sexo de novo. — Marcus, eu não teria começado isto se não quisesse terminar. Não tenho medo de você — informei a ele em tom gentil.

— Pois deveria — resmungou ele. — A forma maluca como desejo você me deixa com muito medo.

Ajoelhei-me ao lado dele, correndo a mão pelo abdômen musculoso e, em seguida, colocando-a dentro da cintura elástica da cueca, em busca do que eu queria. — Consigo ver que você me quer — brinquei, correndo os dedos para cima e para baixo no pênis rígido.

— Meu Deus, Dani, pare com isso antes que se veja debaixo de mim e à minha mercê — rosnou ele com o maxilar cerrado.

Puxei a cueca dele para tirá-la, sem qualquer ajuda dele. O corpo de Marcus ficou tenso quando sentei sobre ele e corri as mãos pelos seus cabelos. Em seguida, abaixei o corpo sobre o dele, saboreando a sensação de pele contra pele. Beijei a testa dele antes de colocar os lábios perto de seu ouvido. — Trepe comigo, Marcus. Faça isso antes que eu enlouqueça. Eu *quero* você bem fundo dentro de mim. Quero ver *você* gozar.

Eu sabia que ele estava lutando contra o desejo e estava determinada a garantir que perdesse. A preocupação dele comigo me deixava emocionada, mas era desnecessária. Eu não era uma flor frágil e nunca sentira medo *dele*. O tempo ainda não tinha curado todas as minhas feridas, mas eu não tinha medo de fazer sexo com Marcus. Na verdade, só o que eu queria era sexo *com* Marcus.

Talvez, se fosse alguma outra pessoa, eu me sentisse diferente. Mas era *ele*, o cara que meu corpo queria tanto. E não era mais algo decorrente do resgate.

Eu sabia o que queria.

Eu sabia do que precisava.

Meu problema naquele momento era tentar explicar a ele que eu não ficaria com medo.

Não havia a menor chance de ele me deixar novamente como acontecera no banheiro.

Suspirei quando a pele ardente dele esquentou meu corpo. Eu me esfreguei nele, torcendo para que finalmente entendesse a mensagem, enquanto meus lábios percorriam seu rosto até chegar à boca.

Eu o beijei com força, mostrando que o queria. Meu corpo pegou fogo quando ele finalmente respondeu. Ele enterrou os dedos nos meus cabelos, puxou-me para mais perto e explorou minha boca com um desespero tão intenso que era quase palpável no ar ao nosso redor.

Quando ergui a cabeça, eu o adverti: — Se você não trepar comigo, vou *tomar* o que quero.

— Faça isso — respondeu ele com voz rouca. — Não tenho como resistir a você. Não faço ideia de como aguentei por tanto tempo.

Eu não pretendia esperar mais, agora que sabia que ele estava comigo. Deslizei para trás, posicionando-me para que ele me penetrasse e abaixei o corpo sobre o pênis. — Ai, meu Deus, Marcus. Esperei tanto tempo por isso — murmurei quando meus músculos se estenderam para aceitá-lo inteiro.

— Continue, querida. Pode me tomar, todinho — exigiu ele.

Sorri ao sentar completamente sobre ele. Meu corpo gritava de felicidade quando finalmente consegui o que queria.

As mãos de Marcus agarraram meus quadris enquanto ele investia em mim.

Sentei-me e coloquei as mãos nos ombros dele, gemendo ao senti-lo entrando em mim.

— Não se segure — implorei, sabendo que precisava dele tão desesperadamente que ir devagar e com calma não serviria.

Ele ergueu meus quadris ligeiramente e entrei no ritmo dele. Gotas de suor se formaram no meu rosto enquanto nossos corpos se encontravam com um ruído de satisfação sempre que ele me puxava para baixo.

— Marcus — gemi, jogando a cabeça para trás, com meu corpo exigindo a satisfação que ele prometia.

— Você é tão linda — resmungou ele, com os bíceps poderosos flexionando enquanto Marcus continuava a investir em mim.

Cada vez com mais força.

Sem parar.

Nós dois movendo nossos corpos juntos como se estivessem destinados a isso.

Algo quente invadiu minha barriga e começou a se espalhar.

—Goze para mim, Dani. Não vou conseguir me segurar por muito mais tempo — murmurou ele, movendo uma das mãos que estava no meu quadril para o local onde nossos corpos se uniam.

O primeiro toque no meu clitóris me deixou muito tensa.

O segundo me fez gozar, com o orgasmo atingindo-me como um trem desgovernado. — Marcus. Marcus.

Eu não conseguia fazer nada além de gritar o nome dele. Meu corpo estremeceu quando implodi completamente.

Caí para a frente novamente e nossos corpos escorregadios deslizaram juntos enquanto Marcus segurava meus quadris. O pênis investia em mim com uma urgência que consegui sentir mesmo durante o orgasmo.

— Dani. Querida — gemeu ele com um tom sensual. — Caralho!

Meu canal se contraía em volta do pênis e saboreei a expressão no rosto dele ao me abaixar para beijá-lo, sabendo que ele gozaria em breve.

O abraço dele foi forte, uma expressão apaixonada da forma como estávamos apenas sentindo um ao outro.

Saboreei o gemido pesado dele quando gozou dentro de mim. Meu corpo inteiro estremeceu quando o clímax atingiu o pico e, em seguida, começou a reduzir de intensidade.

— Puta merda! — vociferou Marcus, passando os braços em volta do meu corpo para me manter seguramente contra seu peito.

Eu estava ofegante e meu coração batia tão depressa que era quase impossível discernir a separação das batidas. Uma fluía na outra e uma sensação profunda de paz, que eu nunca conhecera, me invadiu.

— Eu precisava disso há muito tempo — disse eu em um sussurro atônito.

Talvez eu tivesse tentado odiá-lo.

Talvez eu tivesse que constantemente me relembrar que ele era um cachorro pelo que achei que acontecera com a minha irmã uma década antes.

Talvez minha atração por ele sempre existira, mas eu nunca a reconhecera.

Porém, pensando com sinceridade no passado, eu não conseguia me lembrar de um momento em que *não* quisera Marcus, não importava o quanto tentasse negar.

Ele não era seguro e provavelmente não era do que eu *deveria* precisar. Provavelmente fora por isso que eu nunca deixara meu cérebro consciente pensar no calor que existia entre nós dois.

Talvez eu estivesse enterrada em raiva e ressentimento, mas o que acabara de acontecer estivera destinado havia muito tempo. O desejo que ele fazia surgir dentro de mim só por estar perto *sempre* estivera lá.

— Eu sei, querida — respondeu ele baixinho, acariciando meus cabelos em um movimento reconfortante. — Eu também.

Obviamente, nossa atração era mútua. Não teria sido tão explosiva se não fosse, se nós dois não tivéssemos a mesma reação química um com o outro.

Fazer sexo com Marcus era como brincar com fogo. Porém, considerando o que acabara de ocorrer, eu estava disposta a correr o risco de me queimar.

— Não usei proteção, Dani — disse ele com a voz cheia de remorso. — Eu estava tão louco que nem pensei nisso. Nunca fiz isso antes.

— Estou limpa — garanti a ele. Afinal de contas, eu fora estuprada repetidamente, portanto, ele tinha o direito de estar preocupado. — E tomo anticoncepcional. Depois do que aconteceu, provavelmente sempre tomarei algum tipo de anticoncepcional.

— Não estou preocupado com você — disse ele com a voz rouca. — Mas você não perguntou de mim.

— Não preciso — respondi.

— Por quê?

— Porque conheço você o suficiente para saber que, se não estivesse limpo, nada teria acontecido sem uma camisinha — expliquei.

— Não sou santo — negou ele. — Mas estou limpo. Nunca fiz sexo sem camisinha antes e faço exames regularmente.

— Então sou sua primeira? — brinquei.

— Minha única no momento — respondeu ele.

Meu coração deu um salto. Eu adoraria ser a única de Marcus por algum tempo. — Estou fedida — disse eu com um suspiro. — Mas não sei como vou me levantar e ir para o chuveiro. Acho que minhas pernas estão fracas demais.

Ele se sentou e moveu-se para a beirada da cama, levando-me junto com um braço em volta do meu corpo. Em seguida, ele me levantou, forçando-me a colocar os braços em volta de seu pescoço.

— O que está fazendo? — disse eu com um gritinho.

— Levando minha mulher de pernas fracas para o chuveiro — respondeu ele.

Gritei novamente quando ele me ergueu ainda mais nos braços e levou-me até o banheiro.

Ri até que finalmente ficamos sob a água. Depois disso, Marcus e eu ficamos bem ocupados, concentrando-nos em outras atividades prazerosas.

Capítulo 20

Dani

Quando chegamos a Rocky Springs, acabei ficando com Marcus. Não devido à ordem dele, mas porque eu *queria* ficar com ele.

Em algum momento entre meu ataque de pânico e o pouso do avião, eu percebera que, não importava o quanto quisesse me blindar, não havia garantia de felicidade. Sinceramente, eu provavelmente percebera essa verdade durante o tempo em que fora prisioneira dos rebeldes. Eu teria que decidir o que queria da vida.

E, se pelo menos não tentasse fazer Marcus parte do meu futuro, teria que seguir a maré.

Eu estava apaixonada por ele. *Completamente. Totalmente. Irrevogavelmente.*

E, se não pudéssemos ficar juntos para o resto da vida, eu desfrutaria de cada momento que tivesse com ele.

— Tenho que admitir, achei que teríamos uma briga sobre você ficar aqui comigo — disse Marcus quando começou a tirar a roupa no quarto da mansão em Rocky Springs.

Quase não dormíramos na viagem de volta para o Colorado e nós dois estávamos prontos para descansar.

— São quase três horas da manhã — relembrei. — E estou me sentindo magnânima.

Ele sorriu para mim do outro lado do quarto. Eu vestira uma camiseta larga de dormir que tinha na mala e ele estava tirando as roupas tão depressa que fiquei surpresa.

Déramos uma volta breve na casa antes de irmos para o quarto principal.

Ainda sorrindo, ele perguntou: — Por que isso?

— Porque consegui o que eu queria — disse eu, sorrindo de volta. — Isso costuma me deixar maleável.

— Que coincidência. Também consegui o que eu queria e não precisei jogar você sobre o ombro para trazê-la para a minha casa ao pousarmos.

— Eu *quero* ficar com você — confessei. — Não quero ficar na casa de Harper e Blake. Eles se casaram há pouco tempo.

— Então é um bom arranjo para nós dois — disse ele, aproximando-se de mim nu como viera ao mundo. — Porque também quero ficar com você.

Apesar de estar exausta, não pude evitar admirar o corpo incrível dele e a forma como se movia. Ele me lembrou um predador perseguindo a presa.

— Venha comigo — insistiu ele, estendendo a mão.

— Já fiz isso no avião — respondi em tom provocador. Em seguida, coloquei a mão na dele.

— Espertinha — respondeu ele, soando mais divertido do que irritado.

— Aonde vamos? — perguntei curiosa, deixando que ele me levasse até as portas que supus que davam acesso a um pátio, já que o quarto principal ficava no andar térreo da casa.

A casa dele era imensa, mas conseguia ser grande sem ser incrivelmente pretensiosa. Adorei os tetos altos e a decoração moderna, algo que parecia congruente com a personalidade de Marcus.

— Você verá — respondeu ele misteriosamente, abrindo as portas. — Faz tempo que não consigo fazer isso.

A área do pátio grande era fechada, mas o teto era aberto. — Que lindo — disse eu em tom maravilhado.

Os jardins eram coloridos, de muito bom gosto, e as flores eram lindas.

Quando ele finalmente parou de andar, admirei as fontes termais incríveis à nossa frente.

Eu crescera perto de Rocky Springs, mas os Colters eram proprietários da grande maioria das fontes termais da área. O hotel tinha piscinas grandes e pequenas, mas eu apostaria no fato de que cada um dos irmãos construíra uma casa perto de uma piscina particular. Ora, eu teria feito isso se fosse dona da propriedade deles.

Consegui sentir o cheiro dos minerais, mas era um cheiro agradável e altamente tentador. Ele mantivera a aparência natural, a piscina com as pedras em volta e uma cachoeira linda.

— Vamos entrar? — perguntei com esperança.

— Achei que talvez você quisesse relaxar um pouco — respondeu Marcus, tentando fingir que não era o cara mais atencioso do planeta.

Ele entrou primeiro e estendeu os braços para que eu pulasse ao seu lado. Sem um segundo de hesitação, pulei nos braços dele.

— Ai, meu Deus — gemi ao sentir a água quente no corpo. — Isto é incrível.

— Fico feliz por você gostar — respondeu ele.

Ele se sentou em uma pedra sob a água e puxou-me para que sentasse entre suas pernas.

— Eu assustei mesmo você quando tive aquele ataque de pânico? — perguntei curiosa. Eu bem que tentara fugir e esconder o ataque. Sabia que me assistir surtando provavelmente não era uma coisa agradável.

— Sim — respondeu ele.

— Não tive ataques por um longo tempo — expliquei ao olhar para as estrelas. — Mas odeio o fato de nunca saber quando e como acontecerá.

— Por que agora?

Dei de ombros. — Acho que provavelmente foi o estresse de lidar com Becker. E, antes de me repreender, eu não ia recuar. Portanto, nem comece.

— Bom, merda — resmungou ele.

Eu sabia que ele *queria muito* entrar naquele assunto, dizendo-me que deveria ter feito algo diferente.

— Marcus, era algo que eu tinha que fazer. Eu estava com o nome de Becker na mente por meses. Quando finalmente me lembrei de que os terroristas tinham mencionado o nome dele como fonte do dinheiro, eu sabia que detê-lo era algo que precisava fazer.

Ele apertou o braço em volta da minha cintura. — Por quê? Poderia simplesmente ter levado as informações às autoridades.

— E depois? — perguntei. — Eu não tinha como provar nada. Você me disse que ele teve negócios sujos de sucesso durante muito tempo e nunca foi preso. Era algo pessoal para mim. Muitas pessoas foram feridas ou mortas por causa do dinheiro que ele dá aos rebeldes e por ter algum tipo de ilusão de que poderia ter um território próprio no outro lado do mundo.

— Eu entendo — cedeu ele finalmente. — Posso não gostar, mas entendo.

Voltei ao assunto original. — Estou fazendo terapia, desde que tudo aconteceu. Nunca perco uma consulta, pois quero me sentir normal de novo. Se for preciso, faço uma chamada de vídeo com a minha terapeuta. Já resolvi muitas coisas, mas há algumas áreas em que sempre serei diferente do que era antes do ocorrido. Achei que meus ataques de pânico tinham acabado. Talvez tivessem e esse último foi apenas uma recaída.

— Pode levar as coisas devagar por algum tempo? — resmungou ele. Sorri na escuridão. — Talvez.

— O que mais está diferente? — perguntou ele.

Eu suspirei. — Tudo e nada. Ainda sou a mesma pessoa, mas acho que vejo a *vida* de forma diferente. Sei agora como ela pode terminar com facilidade e não quero mais negligenciar nada nem ninguém.

— Quero que você fique segura — disse ele com voz rouca. — Meu coração não aguenta mais nenhuma das suas aventuras agora.

Era divertido que um homem como Marcus estivesse falando sobre suas supostas vulnerabilidades. — Algum dia, eu gostaria de voltar ao Oriente Médio só para provar a mim mesma que consigo. Quero saber que minha coragem é maior do que o meu medo.

— Ela é — murmurou Marcus. — Acredite, ela é.

— Eu nunca tinha medo de nada — disse eu, com um toque de tristeza pela mulher que fora. — Agora, preciso lutar para me livrar do medo.

— Você é a mulher mais corajosa que conheço — retrucou Marcus. — Já ouviu falar da frase que diz algo como: *Aprendi que a coragem não é a ausência do medo, mas o triunfo sobre ele?*

— *O homem corajoso não é aquele que não sente medo, mas o que conquista o medo* — disse eu, terminando a citação. — Acho que Nelson Mandela é responsável por essa versão de um ponto muito importante. Mas, algumas vezes, não tenho certeza se estou mesmo triunfando.

— Você *está* conquistando seu medo, Dani. Você *conseguiu* ter sucesso apesar do que aconteceu. Só faz um ano. Seja paciente consigo mesma — disse Marcus com voz grave.

— Eu tento — respondi. — De verdade.

— Não tem problema não ser perfeita — declarou ele. — Conheci homens de negócios competentes que desmoronaram em uma situação de refém. Nunca mais queriam sair de casa.

— Eu ficaria louca — confessei. — Mas gostaria muito de ter minha vida de volta. Gostaria de *me* ter de volta.

— Você chegará lá — disse Marcus. — Você já está corajosa o suficiente para me deixar nervoso.

Soltei uma risada breve. — O grande e poderoso Marcus Colter? Duvido.

— Ainda sou só um homem, um cara que não aguentar ver você lutando com tudo o que aconteceu. Nunca deveria ter acontecido, para começo de conversa.

Eu me recostei nele, com o coração apertado por causa do remorso em sua voz. — Aquilo *aconteceu*, só que não vai continuar a reger a minha vida — respondi com voz determinada.

— Você está bem do jeito que é — disse ele em tom firme. — Todos têm medo de alguma coisa.

— Do que você tem medo, Marcus? — perguntei com curiosidade.

Ele ficou em silêncio por um minuto antes de responder: — Algum dia, responderei a essa pergunta. Mas não posso agora.

— Ok. — Eu queria que ele dividisse coisas comigo, mas não se não quisesse me contar. Por enquanto, eu estava satisfeita em apenas aproveitar nosso tempo juntos.

Eu não tinha ideia de quantos dias teríamos até que ele viajasse a negócios, mas pretendia aproveitar cada momento que tínhamos.

— E que tipo de recomendações sua terapeuta fez? Confio que tenha conhecimento sobre a sua situação particular.

— Ela é e cuidamos de um problema de cada vez. O conselho dela foi ter um cachorro — disse eu em tom jocoso.

— Por quê? — perguntou Marcus, obviamente confuso.

— Eu disse a ela que gostaria de criar raízes, mesmo que ainda tenha que viajar. Falei para ela que uma das piores partes de viajar é estar sozinha. Eu sempre quis um cachorro, mas nunca tive porque minha vida era caótica demais. Nunca teria tempo suficiente para passar com um animal.

— Você gosta de cães? — perguntou ele.

— Adoro. Todas as raças. Nunca conheci um cachorro de que não gostasse.

— Então arrume um.

— Veremos — respondi sem me comprometer. — Não posso arrumar um cachorro até decidir onde quero colocar essas raízes e o quanto pretendo ficar em casa.

— O que mais ela sugeriu? — perguntou Marcus.

— Férias muito longas. Ler e assistir a filmes, ou qualquer outra coisa que não envolva viajar a trabalho.

— É um bom conselho — disse Marcus em tom aprovador. — Você encontrará tudo de que precisa bem aqui.

Sinceramente, eu não tinha ideia de quanto tempo ficaríamos juntos. Porém, eu não era contra tirar minhas férias em Rocky Springs. Só torci para não me arrepender mais tarde.

Capítulo 21

Dani

Demorou alguns dias para recebermos a notícia de que Gregory Becker finalmente fora preso. Algumas das informações que eu conseguira finalmente tinham ligado Gregory a vários crimes.

Ruby estava bem, hospedada com Jett na Flórida por enquanto para que desse depoimentos como testemunha-chave das acusações de tráfico de pessoas.

Eu me senti bem ao saber que pelo menos alguma coisa que fizera no ano anterior pudesse evitar que Becker prejudicasse mais alguém. Teria sido melhor fazer as coisas mais depressa, mas Marcus estava sempre lá para me lembrar de que eu fora responsável por colocar a última pá de cal no caixão de Becker, não importava quando isso acontecesse.

O filho da puta estava finalmente fora das ruas e incapaz de financiar tropas rebeldes.

Eu rapidamente terminara minha aventura investigativa e entreguei-a a meu antigo chefe, o que deu ao meu ex-empregador um furo de reportagem grande. O artigo tinha acabado de ser publicado quando a notícia sobre Becker saíra naquele dia.

Eu estava no escritório de Marcus, um ambiente muito masculino que me lembrava muito do homem que era seu proprietário. Estranhamente, nos dias anteriores, eu começara a gostar do humor extremamente seco e da arrogância anteriormente irritante dele. Marcus finalmente decidira que não *precisava* usar terno e gravata quando não estava trabalhando, mesmo que *fosse* um dia de trabalho. E, mesmo que ele fosse um tanto distante e altivo, eram qualidades de que precisava para fazer as coisas que a empresa e o país dele exigiam.

Ele podia ser afastado das tendências autocráticas e, de vez em quando, conseguia rir de si mesmo.

Ok... rir de si mesmo não era muito comum, mas acontecera algumas vezes nos dias anteriores.

Uma coisa importante que eu descobrira fora que, não importava o quanto vociferasse, Marcus amava a família e importava-se com muito mais coisas do que demonstrava. Eu não podia dizer que descobrira *todos* os segredos dele, mas *estava* descobrindo. Havia muito mais nele do que uma pessoa conseguiria ver ao conhecê-lo casualmente. Ele normalmente escolhia não demonstrar o que estava abaixo da superfície.

Talvez ele não tivesse ideia de como realmente relaxar, mas, por outro lado, eu também não. Estávamos aprendendo juntos, vendo como era apenas tirar uma folga. Boa parte dessa folga era fazendo sexo, mas também jogávamos xadrez, assistíamos a filmes e eu experimentei cozinhar. Podia não estar pronta para ser *chef*, mas a mãe de Marcus nos visitara no dia anterior para me ajudar a consertar um prato que eu errara completamente. Por sorte, ela estava disposta a me dar uma mão para aprender algumas habilidades básicas na cozinha. De forma surpreendente, eu estava aprendendo a gostar de cozinhar, agora que tinha algum tempo livre e permanecia no mesmo lugar por mais de um dia.

Rolei a página do artigo que eu escrevera no *notebook*, satisfeita ao ver meu nome como assinatura. — Está no ar — disse eu a Marcus em tom empolgado.

Ele estava atrás da mesa de carvalho imensa, vestido casualmente com uma camisa polo cinza e calça *jeans*. Eu estava sentada no sofá de couro do escritório dele com meu computador.

— Eu sei — respondeu ele. — Estou vendo agora.

Espertinho. Eu deveria ter sabido que ele o encontraria antes de mim. Era uma coisa meiga que ele estivesse realmente lendo. — Ficou bom — disse eu sem nenhum traço de arrogância. Eu era uma boa escritora e uma boa repórter, e não era nenhuma conquista enorme conseguir publicar um bom artigo quando tinha uma história decente.

— Ficou fantástico — corrigiu ele. — Você é talentosa, Dani. Eu sempre soube disso. Suas histórias como correspondente sempre foram brilhantes. Você tem o dom de usar a abordagem perfeita em qualquer assunto.

Ergui o olhar do *notebook* e vi o sorriso largo ele. Meu coração deu um salto enquanto eu absorvia o elogio. Significava muito, vindo de um cara como Marcus. Ele não era o tipo de pessoa que fazia elogios com frequência. — Obrigada — disse eu, sorrindo de volta. — Fico feliz por essa história ter terminado.

— No que está trabalhando agora? — perguntou ele com curiosidade.

Dei de ombros. — Nada de importante. Principalmente meu diário pessoal.

— E sobre o que você escreve nele? — insistiu Marcus.

— O que me dá vontade de escrever — respondi. — No momento, estou escrevendo coisas a fazer antes de morrer.

— Não acha que é um pouco nova para isso? — perguntou ele, franzindo a testa.

Balancei a cabeça negativamente. — Nem um pouco. Achei que ia morrer enquanto era prisioneira. É engraçado o que acontece quando você se sente assim e quantas coisas bobas se arrepende de não ter feito.

— Como o quê? — perguntou ele.

Eu fora para a universidade logo depois do ensino médio e, depois, passara a maior parte da vida adulta perseguindo histórias no Oriente Médio. — Coisas bobas — respondi.

— Diga-me — insistiu ele. — Talvez eu tenha feito algumas delas e possa lhe dizer se fazer alguma dessas coisas vale a pena.

Avaliei minha lista. — Eu nunca construí um castelo de areia na praia. Nunca passei muito tempo no mar. Foi uma das muitas coisas em que pensei enquanto era prisioneira.

— Nunca fiz isso — respondeu ele. — Nunca passei muito tempo na praia. Porém, passei muito tempo voando sobre elas.

— Nunca fiz *bungy jump* — continuei.

— Nem eu — admitiu Marcus. — É uma coisa muito perigosa...

— Diz o homem que tem como *hobby* ser espião — disse eu, terminando a frase dele.

— Faz mais sentido do que pular de uma ponte contando com uma tira de borracha para me salvar — resmungou ele.

Mordi o lábio para não sorrir. — Acho que posso riscar o item "aprender a cozinhar" da lista. Pelo menos, estou tentando.

— O que mais?

— Nunca fiquei bêbada, nem um pouquinho — confessei. — Estava ocupada demais na universidade tentando fazer tudo o que podia para ser contratada como jornalista depois de me formar.

— Já fiquei. Você não está perdendo nada — resmungou Marcus. — A ressaca é horrível.

— Acha que entrar nas fontes termais nua se qualifica como "nadar pelada"? — perguntei sem tirar os olhos da lista.

— Na água. Do lado de fora. Nua. Sim, recomendo muito essa daí, especialmente se você está com uma ruiva linda que o deixa maluco.

Revirei os olhos para ele. — Eu estava com um homem lindo de cabelos escuros que me deixa louca. Serve?

— Por enquanto — respondeu ele, assentindo. — Vá em frente e risque essa. Diga-me o resto.

— São coisas pessoais — disse eu em tom hesitante.

— Não quer me dizer? — perguntou ele, soando ligeiramente magoado.

— Ok — concordei. — Mas são coisas bobas.

— Leia — exigiu ele.

— Nunca beijei um homem na chuva. Nunca tive um cara que realmente me amasse. Nunca fui pedida em casamento. E nunca tive um filho.

— Você quer filhos? — perguntou ele com a voz baixa.

Dei de ombros. — Um dia. Sim. Nunca pensei muito nisso até ser sequestrada. Acho que são coisas em que se pensa quando sabe que a vida poderá terminar tão cedo. Tomei a decisão certa? Coloquei esforço suficiente em relacionamentos? Amei o suficiente minha família e meus amigos?

Marcus se recostou na cadeira de couro, com a atenção completa voltada para mim. Os olhos dele estavam intensos, como se ele estivesse pensando sobre o que eu dissera.

— Não posso dizer que sei como se sente — admitiu ele finalmente. — Mas entendo reconsiderar algumas das suas escolhas na vida.

— Você não está fazendo exatamente o que quer fazer? — perguntei surpresa.

— Nem sempre. Não sou tão próximo da minha família como gostaria de ser e não tenho ideia do que teria seguido como carreira se tivesse sentido que tinha escolha.

— Você não queria administrar o conglomerado do seu pai?

Ele deu de ombros. — Nunca pensei no assunto. Eu era o mais velho e nosso pai morreu jovem. Ele foi morto em um ataque terrorista... estava no lugar errado na hora errada no Oriente Médio.

Meu coração ficou apertado. Não era surpresa ele querer manter os norte-americanos seguros. O pai dele fora vítima de circunstâncias instáveis em um país estranho.

Minha mãe e a de Marcus tinham sido amigas. Eu sabia que o pai dele tinha morrido, mas era jovem demais para entender onde ou como isso acontecera na época.

Marcus continuou: — Em se tratando de administrar o conglomerado do papai... acho que sempre se supôs que eu faria isso. Fui preparado para isso e nunca me ocorreu discutir. Sei que minha mãe teria querido que eu fizesse o que me deixasse feliz, mas não havia, na verdade, outra coisa que quisesse fazer.

— Então, não se arrepende?

— Não. Eu me tornei muito bom no que faço. Mas eu me arrependo da distância que isso causou com a minha família. Nem me conecto mais muito bem com meu irmão gêmeo. Eu disse a mim mesmo que fazia isso para protegê-los caso alguém descobrisse sobre o trabalho que fazia para o governo, mas acho que me isolei porque sabia que sentiria falta deles se não fizesse isso.

— E funciona? — perguntei.

— Não. Só faz com que seja mais fácil lidar com a sensação de vazio.

— Viajar o mundo é difícil — comentei. — Algumas vezes, eu ficava longe por meses em uma missão. Senti muita falta da minha família.

Marcus deu de ombros ao responder: — Era ótimo logo depois que terminei a faculdade. Mas, como você, fico pensando o que perdi por não estar aqui em casa.

— Nenhum relacionamento de longo prazo? — perguntei. Eu não conseguia me lembrar de Marcus ligado a qualquer outra mulher, exceto minha irmã. Isso não fora algo de longo prazo e aquele incidente, como eu sabia agora, fora um caso de identidade trocada.

Ele balançou a cabeça negativamente. — Não.

— Porque você estava trabalhando — comentei.

— Na verdade, não acho que esse tenha sido o problema — corrigiu ele.

— Então qual foi?

Ele me lançou um olhar penetrante e, em seguida, voltou o olhar para o computador. Ainda olhando para a tela, ele respondeu: — Acho que só nunca encontrei ninguém com quem valesse a pena ficar em casa, até agora.

Marcus

Não era que eu não *soubesse* que estava totalmente ferrado... só não queria admitir.

Eu estava fazendo uma caminhada com Dani no dia seguinte em que ela cuspira parte da *lista* dela para mim e percebi subitamente que não sentia falta de estar em um avião ou em um país estrangeiro. Era a primeira vez que eu ficava em casa por mais de alguns dias e não estava nem um pouco ansioso para voltar para meu jatinho e voar para longe.

Segurei a mão dela com força enquanto descíamos uma encosta rochosa, muito preocupado que algo acontecesse com ela. *Jesus!* Eu ficaria muito chateado se ela quebrasse sequer uma unha... não que ela tivesse unhas longas que pudessem quebrar.

Depois de tudo pelo que Dani passara, só o que eu queria era protegê-la, garantir que nada de ruim acontecesse a ela. Eu ainda tinha pesadelos em que a via logo depois do cativeiro brutal e não era algo que queria ver de novo. Eu não queria vê-la infeliz de jeito nenhum.

Talvez ela não se visse como forte, mas era uma das mulheres mais corajosas que eu conhecia. Sinceramente, ela provavelmente deveria ter morrido quando fora aprisionada, mas conseguira aguentar. E ainda estava disposta a se arriscar novamente tentando derrubar um homem que prejudicava outras pessoas. A capacidade de Danica de se importar com outras pessoas além de si mesma era uma maldição e uma bênção. Algumas vezes, eu quase desejava que ela fosse mais egoísta, mas, nesse caso, não seria Danica.

— Estou bem, Marcus — disse ela sem fôlego ao meu lado. Chegáramos ao fundo da área rochosa e estávamos em solo firme. — Você pode parar de apertar a minha mão. Não vou cair.

Afrouxei a pressão nos dedos dela, sem perceber que os apertava com força o suficiente para cortar a circulação. — Desculpe — murmurei. — Só queria que você tivesse apoio se caísse.

— Não vou cair — prometeu ela, abrindo um sorriso alegre enquanto andávamos um ao lado do outro.

O sorriso dela fez eu me sentir como se tivesse levado um soco no estômago. Foi assim que eu soube que estava condenado. Só o que ela precisava fazer era mostrar algum sinal de que estivesse alegre que eu começava a pensar como conseguiria deixá-la ir embora algum dia.

Foda-se! Ela não vai a lugar algum!

Aquela mulher precisava de alguém que a mantivesse longe de problemas e eu estava mais do que disposto a ser voluntário para a tarefa.

Éramos muito parecidos, mas ainda assim muito diferentes. Nenhum de nós criara raízes permanentes nem deixara raiz alguma crescer. O que eu dissera a ela no dia anterior era verdade. Eu nunca encontrara ninguém que me fizesse querer diminuir as viagens.

Até ela.

Até agora.

A tristeza dela por coisas que poderia ter perdido se *tivesse* morrido me fez querer ajudá-la a realizar todos os itens naquela lista. Tristemente, eu não fui de muita ajuda para lhe dizer o que valia a pena perder e o que não valia. Minha vida fora tão concentrada na carreira quanto a dela.

Todos os momentos que passara com ela valeram qualquer coisa que eu perdera na vida de negócios. Eu supervisionara minhas responsabilidades de casa e pouquíssimas coisas tinham precisado da minha atenção pessoal. Meu conglomerado tinha tantos administradores de alto e de médio escalão que não precisavam mais de mim constantemente. Tudo corria muito bem sem que eu precisasse correr de um lado para o outro do planeta.

O problema era que, agora que eu sentira como era bom começar a ser parte da minha família de novo e tinha Dani comigo, tinha receio de gostar demais.

Eu era um solitário.

Nunca fiquei em um lugar por muito tempo.

Eu nem sabia ao certo o que fazer quando não estava viajando.

Naquele momento, meu foco era fazer com que Dani relaxasse e simplesmente ficasse feliz. Ela saíra de uma situação ruim para outra depressa demais. Houvera pouco tempo para que ela se recuperasse e não era surpresa que tivesse tido um ataque de pânico depois de tanto tempo sem nenhum.

Eu podia não ser o cara perfeito para ensiná-la a relaxar. Eu não era exatamente o *Sr. Calmo Feliz*. Mas sabia de uma coisa: ninguém se importava mais com o bem-estar dela do que eu.

— Você está bem? — perguntou Dani baixinho.

Afastei meus pensamentos. — Sim, estou bem.

— Você estava com a testa franzida — comentou ela. — E parecia profundamente pensativo.

Balancei a cabeça negativamente. — Nada de importante.

Só eu, fazendo um plano de vida com você!

Jesus! Ela era adulta, não era da minha conta o que faria no futuro. Nós tínhamos ajudado um ao outro para conseguir um objetivo comum: acabar com Becker.

Infelizmente, em algum momento, eu parara de vê-la apenas como uma jornalista que estava cooperando. Ora, provavelmente *nunca* a vira apenas como uma repórter. Não houvera *um* dia sequer em que eu não quisera fazer sexo com ela, e aquele dia não era exceção.

Mas havia muito mais do que apenas sexo entre nós dois. Tínhamos estabelecido uma intimidade que eu nunca tivera com outra mulher.

Fora assim que eu chegara à conclusão de que estava totalmente condenado e não tinha certeza se me importava com isso.

Estar com ela era bom demais para que eu me preocupasse com o quanto estava ficando envolvido. Mas eu provavelmente sabia, bem no fundo, que talvez acabasse arrependendo-me. No entanto, mesmo sabendo que eu poderia acabar completamente sozinho e furioso, isso não era o suficiente para me deter.

— Está chovendo — falei, subitamente sentindo as gotas leves que podiam ou não já estar caindo havia algum tempo.

— É gostoso — respondeu ela. — Estava ficando quente.

Nós dois estávamos vestindo calça *jeans* e camiseta. Eu calçava um par de botas de caminhada pouco usadas e Dani calçava tênis.

— Pelo menos, não é uma tempestade — comentei. Não havia trovões nem raios, e Dani tinha razão, estava começando a esquentar.

— Estamos quase em casa, certo? — perguntou ela curiosa sem soar nem um pouco preocupada.

— Quase — concordei. Parei perto das árvores, fazendo com que ela também parasse. — Mas isso me lembra de uma coisa. Está na sua lista.

Ela pareceu confusa por um momento, com a expressão e o olhar interrogativos buscando esclarecimento.

Eu a empurrei de leve para trás até que seu corpo encostasse no tronco de um pinheiro enorme.

— É hora daquele beijo na chuva — expliquei com a voz rouca. — Estava na sua lista de coisas a fazer e que nunca fez.

Meu Deus, eu adorei a forma como ela sorriu e inclinou a cabeça para absorver as gotas de chuva que caíam antes de responder:

— Sim, é. Uma experiência pela qual você também disse que não tinha passado.

Dei de ombros. *O que diabos eu sei sobre romance? Eu tive transas rápidas. Não queria me envolver emocionalmente.* — Pode ser interessante.

Ela passou os braços em volta do meu pescoço. — Podemos tentar — disse ela sugestivamente.

Quando ela passou a língua nos lábios para lamber uma gota de chuva, quase perdi o controle. Senti o pênis enrijecer contra o tecido da calça *jeans* enquanto eu ficava hipnotizado pelos lábios tentadores aos quais não conseguia resistir.

— Vamos lá — insisti, apoiando as mãos no tronco, uma de cada lado da cabeça dela.

Eu queria que *ela* iniciasse o abraço. Não fazia a menor ideia do que fazer se ela não começasse, pois não havia a menor chance de eu recuar naquele momento.

Eu precisava demais dela.

Observando os olhos dela, quase vi seu cérebro trabalhando enquanto ela ponderava sobre exatamente o que fazer.

Beije-me, droga!

Por um longo momento, esperei que ela agisse, com meu coração quase galopando para fora do peito enquanto simplesmente nos encarávamos, esperando a mesma coisa.

Finalmente, ela enterrou as mãos nos meus cabelos úmidos e puxou minha cabeça para baixo.

Desesperado, eu a encontrei no meio do caminho.

Capítulo 23

Dani

Nossos lábios se encontraram em uma loucura frenética que eu passara a esperar de Marcus, mas certamente não me acostumara com as emoções.

Como sempre, ele assumiu o controle quase imediatamente. Eu me abri para ele com um abandono total que não consegui negar.

Marcus era minha fraqueza. A forma como me devorava como se eu fosse a única mulher no mundo que ele queria era tentadora demais.

Gemi quando a língua dele invadiu minha boca com uma força exigente que amorteceu meus sentidos.

Eu *queria* mais.

Eu *precisava* de mais.

Eu começava a querer o toque de Marcus de qualquer maneira que conseguisse.

Apertei os cabelos de Marcus com mais força e pressionei meu corpo contra o dele, querendo senti-lo contra mim. Era uma obsessão que eu não conseguira domar. Uma que eu não queria reprimir porque sabia que ele sentia exatamente o mesmo.

Quando ele ergueu a cabeça, eu estava frenética. — Marcus — murmurei contra o ombro dele, sentindo-me tão vulnerável que não sabia o que mais dizer.

— Você precisa de mim — rosnou ele, erguendo minha cabeça para que eu conseguisse ver a expressão intensa no rosto dele. — Do mesmo jeito como preciso de você. Nós dois sentimos isso, Dani. Não é só você.

Era notável como ele conseguia colocar em palavras *exatamente* o que estava pensando e deixar-me à vontade com aqueles sentimentos confessando que sentia o mesmo. Eu não me sentia confortável com minhas emoções tão expostas, mas, saber que ele sentia os mesmos instintos primitivos e fora do controle, deixava as coisas mais fáceis.

— Eu sei — disse eu com a voz abafada ao enterrar o rosto no pescoço dele.

Eu *conseguia* compreender que não estava sozinha, mas era bom ouvi-lo dizer aquilo.

Fiquei decepcionada quando ele deu um passo atrás, mas meu desprazer rapidamente se transformou em choque quando Marcus tirou a camiseta e jogou-a no chão. — O que está fazendo?

Ele sorriu para mim, uma expressão maliciosa que eu começava a adorar. Talvez fosse porque eu tinha certeza de que Marcus não mostrava aquele lado com frequência.

— Ficando nu — explicou ele.

— Aqui? — perguntei atônita.

— Bem aqui. E agora — confirmou ele ao começar a levantar a minha camiseta.

— Estamos ao ar livre, na chuva — relembrei a ele.

— Eu sei. — Ele puxou minha camiseta molhada.

Levantei os braços e deixei que ele tirasse minha camiseta. Estava chovendo, mas ainda era verão e estava quente.

— E se alguém aparecer? — perguntei.

— Alguém *vai* aparecer — respondeu ele enquanto continuava a tirar minha roupa. — Nós dois, por exemplo.

Eu ri ao observá-lo tentar tirar meus tênis. Finalmente, fiquei com pena dele e eu mesma os tirei e, em seguida, saí de dentro da minha calça *jeans*. — Está se sentindo ousado? — perguntei ao me segurar no ombro dele para me equilibrar.

Meu Deus, eu adorava aquele lado audacioso dele, a confiança silenciosa de que poderia fazer o que ele quisesse.

— Na verdade, não — respondeu ele ao colocar minhas roupas no chão depois que fiquei nua. — Estamos na minha propriedade. E eu sei que adicionar um pouco de intriga deixa você excitada.

Ele correu os dedos pela minha coxa e soltei uma exclamação, sentindo algo parecido com um choque elétrico pelo meu corpo. Não era inteiramente confortável, mas *era* excitante. — Como você sabe disso? — perguntei já ofegante quando o hálito quente dele atingiu minha boceta nua.

— Porque fiz você gozar em um banheiro com outra pessoa do outro lado da porta — explicou ele com uma calma enfurecedora.

— Eu estava... — Minha voz sumiu e esqueci-me completamente de protestar quando as mãos de Marcus seguraram minhas nádegas e a língua dele atingiu a carne que estava bem à frente do seu rosto.

— Ai, meu Deus — gemi. Em seguida, respirei fundo quando a boca molhada dele começou a me devorar sem misericórdia.

Enterrei os dedos nos cabelos úmidos dele, precisando de um pouco de equilíbrio e sanidade onde eles não existiam. Fiquei louca quando Marcus começou meticulosamente sua campanha sensual para me deixar insana.

Ele colocou minha perna sobre o ombro dele, forçando-me a usar a árvore para me manter erguida e agarrar seus cabelos com mais força.

Quando Marcus exigia, eu me sentia impotente para *não* responder.

Ele se aventurou mais fundo na minha boceta, usando a boca, a língua e o nariz para estimular a pele sensível. Ele provocou meu clitóris com a língua e estremeci de desejo. Meu corpo nu estava sendo molhado pela chuva e o homem mais lindo do planeta estava consumindo minha boceta de forma entusiasmada como se fosse a única coisa de que precisava para seu sustento. Foi a sensação mais erótica que eu já sentira.

Fechei os olhos, tirei as mãos dos cabelos dele e ergui-as para me segurar em algo, acabando na árvore atrás de mim.

Marcus provocou e, logo depois, atacou, saboreando e devorando com uma fome que parecia insaciável.

— Por favor, faça-me gozar — implorei, com o corpo tremendo de necessidade de gozar.

Mas ele sabia como me impedir de gozar e isso me deixou louca. Eu começava a sentir o orgasmo se aproximar, mas ele recuava o suficiente para que isso não acontecesse. Marcus era mestre em me forçar a um estado de desejo desesperado.

— Marcus! — gritei sem me importar com quem poderia escutar. Eu *tinha* que gozar.

Inclinei a cabeça para trás ao sentir a tensão acumular, com Marcus enterrando o rosto na minha boceta com mais força do que antes. Gotas de chuva continuavam a rolar pelo meu rosto e meus seios, mas gostei da sensação sensual. Eu estava tão perdida no prazer da boca de Marcus na minha boceta que não conseguia pensar em mais nada.

Eu agarrava a casca áspera da árvore com tanta força que tive certeza de que meus dedos estavam sangrando, mas não importava. Eu estava completamente concentrada na necessidade de gozar.

— Agora — exigi, mas havia um tom de necessidade no comando.

O orgasmo me invadiu tão abruptamente e com tanta força que foi quase assustador. Soltei um gemido alto de satisfação, com o corpo tremendo como se fosse atingido por onda após onda de sensações. Foi algo muito intenso e Marcus continuou a lamber a carne macia, absorvendo cada gota de prazer que conseguia obter de entre as minhas coxas.

Ofeguei enquanto tentava me recuperar, com as pernas fracas quando Marcus colocou meu pé gentilmente no chão.

— Odeio quando você faz isso — disse eu sem fôlego quando ele endireitou o corpo e passei os braços ao seu redor.

— Não, não odeia — respondeu ele com voz rouca. — Você adora.

Que Deus me ajudasse, mas ele provavelmente tinha razão. Eu adorava a ansiedade e a liberação imensa que só ele conseguira me dar. Ou talvez eu tivesse algum tipo de relacionamento de amor e ódio com aquilo. Eu adorava o clímax, mas detestava o tormento.

Eu amo você.

No meu estado emocional, eu queria muito dizer aquelas palavras em voz alta, mas mordi o lábio para me impedir de gritá-las.

— Talvez eu goste um pouco — admiti.

Ele afastou os cabelos do meu rosto. — Você está molhada — disse ele com voz grave. — Está com frio?

— Você está brincando? — perguntei.

— Só estou conferindo.

Corri as mãos pelas costas musculosas dele, deslizando-as suavemente pela pele escorregadia. — Trepe comigo, Marcus. Preciso sentir você dentro de mim.

Ele se afastou o suficiente para segurar meus seios, provocando os mamilos rígidos com os polegares. — Só quero olhar para você por um minuto — respondeu ele.

Ergui os olhos para encontrar o olhar tumultuado dele. — Por quê?

— Porque você é muito linda logo depois de gozar. Gosto de saber que fui eu quem colocou essa expressão no seu rosto — respondeu ele em tom faminto.

— Eu pareço ridícula? — perguntei em tom hesitante, sem saber que eu tinha *aquela expressão.*

Ele beliscou de leve meus mamilos, correndo os polegares em um círculo sobre eles lentamente. Fechei os olhos para absorver a sensação de prazer e dor enquanto ele repetia aqueles movimentos repetidamente.

Ele se inclinou para a frente e beijou meus lábios antes de dizer: — Claro que não. Você não parece ridícula. Você parece minha, porra.

Subi as mãos pelas costas dele e enterrei-as em seus cabelos úmidos. Eu tinha as mesmas emoções possessivas que ele, mas ainda sentia o coração apertar quando Marcus dizia algo que *soava* como se estivesse reclamando-me. Parecia algo primitivo e feroz, e fazia com que eu precisasse dele com uma ferocidade que era quase insuportável.

Abaixei a mão e lutei com o zíper e o botão da calça *jeans* dele. Precisava que ele trepasse comigo com tanta força que eu sentisse que estávamos conectados de alguma forma.

Quando meus dedos finalmente conseguiram libertar o pênis enorme, limpei a gota de umidade da ponta antes que a chuva pudesse removê-la e levei-a aos lábios. Observei os olhos cinzentos brilharem com uma emoção que eu não sabia como nomear enquanto colocava o dedo na boca e chupava-o bem em frente ao rosto dele.

— Adoro o seu gosto — disse eu em tom sensual.

— Idem — respondeu ele em tom primitivo e excitado ao abaixar a cabeça e encontrar meus lábios.

Saboreei o gosto de nós dois juntos quando ele invadiu minha boca. Era tão intoxicante que eu clamei por mais.

Eu nunca realmente explorara muito meu lado sexual até conhecer Marcus.

Minhas mãos deslizaram para baixo para segurar o pênis dele, sentindo-o pulsar.

Nós dois estávamos encharcados e a chuva ficava mais pesada, mas Marcus e eu estávamos perdidos demais um no outro para nos importarmos.

Quando a boca de Marcus se afastou da minha, estávamos ofegantes. Saboreei o olhar carnal dele enquanto deslizava a palma da mão repetidamente sobre o pênis em um ritmo tão furioso que ele segurou meu pulso.

— Não — disse ele. — Não aguento muito mais.

— Então dê a nós dois o que precisamos. Trepe comigo.

— Não só preciso, Danica. Tenho que ter você — disse ele em tom feroz, com os olhos derretidos de desejo.

— Ai, meu Deus, Marcus. Algumas vezes, não sei como lidar com isso — disse eu, tentando respirar enquanto soltava meu pulso e passava o braço em volta do pescoço dele.

Senti-me consumida.

Senti-me com os sentidos sobrecarregados.

E o desejo agudo que me devorava por dentro era muito confuso.

— Então não pense — murmurou ele, recuando por um momento para virar meu corpo até que minhas costas ficassem contra o abdômen dele. Ele tirou vantagem da posição e continuou atacando meus seios. — Só me deixe trepar com você — acrescentou ele.

Sempre que os dedos dele apertavam e depois soltavam meus mamilos, eu soltava um gemido. Cada toque dele deixava meu mundo inteiro em chamas.

Ele dobrou meu corpo, ajudando-me a me segurar na árvore. As mãos dele deslizaram entre minhas coxas, pedindo-me que abrisse mais minhas pernas. Foi o que fiz quando senti o pênis ansioso pressionar minhas nádegas enquanto ele segurava meus quadris.

O solo em volta da árvore era ligeiramente inclinado, colocando Marcus na posição perfeita atrás de mim. Esperei com a cabeça abaixada e os cabelos encharcados caindo sobre meu rosto enquanto eu implorava silenciosamente para que ele me preenchesse. O vazio dentro de mim exigia ser preenchido por Marcus.

Quando ele investiu à frente, não foi gentil. Era a primeira vez que ele trepava comigo naquela posição. Eu não estava acostumada com a profundidade e gritei quando meus músculos apertados cederam para deixar que ele se enterrasse em mim.

Naquele momento, eu precisava da ferocidade de Marcus. Ele fora cuidadoso e devagar em todas as vezes antes daquele dia, provavelmente por causa do meu histórico de estupro. Mas meu corpo precisava do dele e não havia um pingo de medo dentro de mim. Só o que eu queria era que ele trepasse comigo de qualquer jeito.

— Isso — encorajei quando meus músculos relaxaram e deixaram que ele me invadisse até o fundo.

Ele se inclinou sobre minhas costas, falando perto do meu ouvido. — Quer que seja com força, querida?

— Sim — gemi.

— Consegue aguentar?

— Sim! — Eu estava prestes a perder o controle. Precisava que ele investisse dentro de mim antes que eu perdesse o controle.

Ele lambeu as gotas de chuva do meu pescoço e, em seguida, mordeu a pele sensível. Não doeu, mas me deixou ainda mais desesperada.

O calor do peito dele nas minhas costas.

A forma como as peles deslizam juntas sensualmente.

As palavras quentes no meu ouvido.

A sensação aguda e erótica dos dentes dele no meu pescoço.

Todas aquelas coisas combinadas eram um banquete sensual. Estremeci com um desejo feroz. Todo meu ser gritava por Marcus com tanta força que eu estava pronta para gritar também.

— Marcus. Por favor!

Ele endireitou o corpo sem dizer mais nada, recuando e investindo novamente com força.

Soltei um soluço de alívio, forçando os quadris contra ele e com o corpo exigindo aquelas investidas.

Ele iniciou um ritmo punitivo que consumiu nós dois. Não havia nada mais, exceto o encontro dos nossos corpos.

Saboreei o movimento do pênis dele dentro de mim. Isso me satisfazia de uma forma como nada mais poderia.

Havia apenas Marcus e a chuva que caía.

Minhas mãos seguravam a árvore com força e o movimento dos meus quadris ficou cada vez mais volátil à medida que eu sentia o calor dentro de mim se transformar em um inferno.

— Com mais força — gemi.

Ele trepou comigo *com mais força* enquanto murmurava: — Você é minha, Danica.

— Sim — concordei em tom feroz.

Naquele momento, ele era dono da minha alma e eu não me importava. Na verdade, estava ferozmente feliz por isso.

O calor na minha barriga começou a se espalhar e preparei-me para a explosão quando ele passou para minha virilha.

Marcus tirou uma das mãos dos meus quadris e ajustou sua posição enquanto continuava com o ritmo brutal.

Levei um susto quando senti o dedo de Marcus sondando entre minhas nádegas, encontrando meu ânus e, devido ao nosso estado completamente molhado, deslizar para dentro sem dor. O músculo apertado se estendeu, mas Marcus não invadiu. Continuou a investir não muito fundo, com o dedo acompanhando a cadência do pênis.

Eu implodi, com a nova sensação causando um prazer tão intenso que não havia como me impedir de gozar, mesmo se quisesse... o que não queria.

Desta vez, eu me soltei, deixando o orgasmo me invadir enquanto o recebia completamente.

— Que gostoso! — gritei. — Que gostoso, caralho!

Os músculos do meu canal se contraíram em volta do pênis de Marcus, ajudando-o a chegar ao próprio clímax ardente.

Absorvi o som do grunhido atormentado dele. Por mais que parecesse que ele gostava de me ver gozar, adorei ouvir aqueles sons de alívio intenso e de prazer saindo dos lábios dele.

Ele saiu do meu corpo depois de alguns momentos, virou-me e passou os braços musculosos em volta de mim. Ele me embalou, falando palavras reconfortantes e quase incoerentes enquanto acariciava meus cabelos molhados.

Eu mergulhei nas palavras doces dele, sentindo-me a mulher mais preciosa do mundo.

Quando recuperou o fôlego, ele vestiu a calça *jeans* e pegou-me no colo.

— O que está fazendo? — perguntei.

— Levando você para casa. Não quero que corte seus pés nas pedras ou em outras coisas no chão.

Eu estava descalça, mas ele ainda estava com as botas. — Você não pode me carregar durante todo o caminho até a casa — protestei.

Ele me *carregou* nos braços até a casa.

Era mais perto do que eu achara inicialmente, mas ainda era longe o suficiente para que nenhum cara normal andasse tudo aquilo com meu peso nos braços. Mas, ao chegarmos à porta da casa, ele não estava nem mesmo ofegante.

Eu começava a aprender que nunca deveria dizer a Marcus que ele *não podia* fazer *qualquer coisa*, pois ele era teimoso o suficiente para provar que claro que *podia*.

Capítulo 24

Dani

—Você vai comer tudo isso? — perguntou Marcus mais tarde naquela noite enquanto assistíamos ao noticiário, abraçados no sofá da sala de estar.

Sorri ao comer mais uma colherada do *sundae* enorme que eu preparara alguns minutos antes. Consegui ouvir um toque de vontade na voz dele quando me recostei contra ele. Minhas costas estavam contra o peito dele, uma posição que passara a ser a nossa favorita quando relaxávamos juntos.

— É o que pretendo — brinquei.

Ele não respondeu, mas já sabia que esperava que eu dividisse. Eu já descobrira que ele não deixava de comer açúcar e lanches rápidos porque não gostava. Ele fazia isso rigorosamente por causa da disciplina rígida de se manter saudável e em forma para as viagens. Não que eu objetasse. Eu compreendia que a minha obsessão por porcarias não era saudável. Eu simplesmente não me importava. Comia coisas saudáveis na maior parte do tempo, o que era suficiente. Uma pessoa precisava de alguns mimos.

E, recentemente, Marcus estivera mais do que disposto a se permitir algumas comidas que eram simplesmente para prazer.

Minha suspeita era que ele normalmente conseguia evitá-las porque não as via. Porém, como eu devorava esse tipo de comida regularmente, ele ficava tentado. A mãe dele, Aileen, era uma cozinheira excepcional, portanto, eu tinha certeza de que ele comera de tudo quando criança.

Ele não era tão esnobe quando ficava tentado a comer por prazer.

Marcus podia consumir o que quisesse. Todas as manhãs, em sua academia de casa, ele fazia um dos conjuntos de exercícios mais brutais que eu já vira. Eu tentara acompanhá-lo, mas obviamente não conseguira.

De acordo com Aileen, Marcus adorava chocolate quando era criança e eu percebi que essa preferência não desaparecera. Ele simplesmente a escondia muito bem.

Apontei a colher para a tigela. — Está muito gostoso. Tem certeza de que não quer que eu prepare um para você?

— Não, estou bem — respondeu ele.

Sinceramente, eu achava que ele gostava mais de porcarias quando comia as *minhas*. Talvez ele conseguisse racionalizar isso porque não comia as próprias porcarias.

Suspirei ao comer mais um pouco. A explosão de *fugde* quente e sorvete de baunilha cremoso na boca foi absolutamente perfeita.

— Talvez eu queira experimentar um pouco do seu — murmurou Marcus, com a voz vibrando nas minhas costas enquanto ele olhava por cima do meu ombro.

Abri um sorriso mais largo, finalmente ouvindo-o pedir para comer um pouco do meu, como eu previra. Na verdade, eu estivera esperando aquilo.

— Eu odiaria que você se forçasse a comer — disse eu em tom falsamente preocupado.

— Não vou fazer isso — contradisse ele rapidamente. — Eu não me importo, de verdade.

Aquilo era o mais perto que Marcus chegaria de admitir que queria desesperadamente um pouco da obra de arte de sorvete que eu fizera para mim mesma. Como eu sabia que ele pediria um pouco, preparara uma tigela realmente grande.

Eu me virei, enchi a colher e segurei-a perto da boca de Marcus.

— O que acha? — perguntei depois que ele rapidamente devorou o sorvete da colher.

Ele assentiu. — Você tinha razão. Está realmente gostoso.

Dividi a tigela inteira com ele, achando divertido o fato de ser a única forma de conseguir fazê-lo comer algo de que gostava.

Meu corpo estava exausto depois da caminhada mais cedo e do encontro apaixonado subsequente ao ar livre. Tínhamos tomado banho ao sairmos da chuva e, em seguida, jantamos. Agora que as coisas tinham ficado mais calmas, consegui sentir as dores no corpo, que absolutamente valiam a pena, decorrentes da forma como tínhamos gozado juntos.

Meus dedos estavam arranhados, algo sobre o qual Marcus fizera um escândalo quando os vira no chuveiro. Eu tinha certeza de que ele me perguntara pelo menos dez vezes se eles doíam.

Não doíam.

E eu não me arrependia de um único momento da experiência do primeiro beijo na chuva... e muito mais.

Marcus *nunca* se chamaria de romântico e, talvez, realmente não fosse em todas as formas convencionais. Mas só o fato de querer que eu vivesse todas as experiências que nunca achei que teria a chance de viver era tão tocante que não importava se ele era, de forma geral, pragmático. Isso tornava a consideração dele especial e meiga para mim.

Inclinei-me para a frente para colocar a tigela vazia sobre a mesinha de centro. Eu a levaria para a cozinha antes de ir dormir.

— Tenho que ir embora amanhã — disse ele de forma inesperada com a voz decididamente infeliz. Ele passou os braços em volta de mim novamente e recostei-me contra seu peito.

Eu sabia que a partida dele seria inevitável, mas ainda doeu... muito. — Para onde tem que ir? — perguntei em tom leve, tentando não soar como se o mundo estivesse prestes a acabar porque chegara a hora de tomarmos caminhos separados.

— Tenho que ir para o Oriente Médio. Eu queria poder cancelar, mas...

— Eu entendo — interrompi, sem querer transformar o fato de ele ter que partir em um problema. Por dentro, meu coração estava partido, mas eu soubera quem Marcus era quando decidira passar um tempo com ele.

Não posso perder o controle. Eu sempre soube que isso aconteceria um dia.

Eu só esperara ter mais tempo, mas, sinceramente, doeria da mesma forma não importava *quando* aquilo acontecesse.

— Não, você *não* entende, Danica. Eu não deixaria você agora se não fosse necessário — resmungou ele.

Subitamente, lembrei-me de algo que acontecera logo depois que tomáramos banho. — Tem alguma coisa a ver com sua conversa com Jett?

Ele conversara longamente com meu irmão no escritório até que finalmente me entregou o telefone quando desci para o andar térreo.

Ele soltou um suspiro. — É o que está causando a urgência, sim.

— O que aconteceu? — Virei-me para olhar para ele com preocupação.

— Parece que faltam algumas virgens — explicou ele. — Ruby estava presa em um quarto antes do leilão com duas mulheres europeias e parece que não eram exatamente participantes voluntárias. Ruby foi leiloada como planejado e, como você sabe, está em segurança com seu irmão na Flórida.

— E as outras duas mulheres? — perguntei.

— Elas desapareceram. Não fizeram parte do leilão. Seu irmão usou as habilidades que tem para rastrear o que aconteceu com elas. Ruby ouviu algo sobre elas serem enviadas para a Síria como presente para um líder rebelde.

Fechei os olhos horrorizada. — Ai, meu Deus. Se isso for verdade, elas estão encrencadas, Marcus.

— Eu sei. Mas estou torcendo para que ainda estejam na Turquia e não tenham cruzado a fronteira. Jett encontrou algumas pistas.

— Ele as rastreou até onde?

— A mesma cidade de onde você saiu quando decidiu seguir os adolescentes.

Na verdade, era uma vila e, no decorrer dos anos, passei a conhecer muitos dos residentes que confiavam em mim. Frequentemente, a imprensa ia até lá e a cidade tinha muitos refugiados. Meu trabalho como jornalista fora relatar informações sobre a crise dos refugiados e a situação da luta na Síria. Eu conhecia aquela área de forma pessoal. A região também tinha uma equipe médica de voluntários do mundo inteiro para ajudar a cuidar das pessoas que tinham fugido para a cidade da fronteira para escapar da guerra.

— Vou com você — decidi. — Sei que você tem mais experiência em espionagem do que eu, mas conheço aquelas pessoas. Falo turco e árabe o suficiente. Posso ajudar você a conseguir mais informações se alguém estiver escondendo alguma coisa.

— Nem pensar — respondeu Marcus. — Você precisa de mais tempo. Não quer voltar para lá agora.

— Quero — disse eu em tom ardente. — Preciso ir.

Voltar ao lugar que eu associara com tanta dor era essencial para a minha recuperação. Eu sempre soubera que, em algum momento, teria que voltar. Queria superar meu medo, mas não chegara ao ponto em que estava pronta para voltar. Agora que havia mulheres em perigo, eu estava pronta.

— Você não vai, Danica — insistiu Marcus. — *Meu Deus!* Você acabou de sair de uma situação horrível. Agora está pronta para arriscar o pescoço de novo?

— Sim — disse eu com empatia, meu olhar encontrando o dele em uma batalha de força de vontade. — Marcus, isto é algo que eu *preciso* fazer. Sempre soube que não podia deixar que o que aconteceu levasse a melhor. Não posso deixar que eles vençam.

— Os terroristas que a mantiveram presa estão mortos.

— Não para mim — expliquei. — Tenho que enfrentar esse medo antes que ele desapareça. Aquela cidade não teve nada a ver com o que aconteceu comigo, mas eu a conecto na mente com a dor e o medo da minha captura e da tortura.

— E é exatamente por causa disso que você não vai.

— É por isso que eu *tenho* que ir. Você estará lá comigo e poderei ajudá-lo.

— Não posso fazer isso — respondeu ele com a voz cheia de emoção.

Percebi a preocupação na expressão dele quando respondi: — Estarei segura com você.

— Eu a algemaria a mim para impedi-la de atravessar a fronteira se você achar que alguém está em perigo.

— Por mim, tudo bem — respondi, tentando convencê-lo a me levar.

— Não.

Meu Deus, como ele era teimoso. Eu sabia que ele tentava me proteger da dor. Porém, eu não podia ficar com medo para sempre. A ideia de ir com Marcus não era nem um pouco assustadora em comparação a ir sozinha. — Não vou ter medo. Estarei com você.

— *Eu* ficarei com muito medo — admitiu ele com um rosnado. — Você já passou por coisas suficientes, Dani.

— Tenho que ir em algum momento, Marcus. E, se eu puder ajudar você, será o momento perfeito. Não vou deixar que aqueles filhos da puta vençam. Não vou passar a vida com medo de uma região em que passei boa parte da vida fazendo reportagens. Eu vivi com aquelas pessoas. Fiquei mais tempo lá do que aqui.

— E lá *nunca* foi seguro — resmungou ele. — É perto demais da fronteira. As cidades naquela região *nem* sempre são seguras.

— E existe algum lugar seguro? — perguntei. — Qualquer coisa pode acontecer em qualquer lugar do mundo.

— Isso é verdade — cedeu ele. — No entanto, você não precisa se colocar tão perto da linha de fogo.

— Irei até lá em algum momento. Você não pode me proteger para sempre. Estou mais segura *com* você do que *sem* — argumentei.

Eu não podia ceder desta vez. Não queria magoar Marcus, mas eu realmente precisava ir com ele e fazer o que pudesse pelas mulheres que não tinham sido resgatadas do círculo de tráfico de pessoas de Gregory Becker. Só de pensar nas mulheres sequestradas nas mãos de um homem maligno como o líder rebelde me deixou enjoada. Eu sabia o que sofreriam e que, provavelmente, morreriam depois de serem usadas como se fossem objetos velhos, em vez de seres humanos.

— Esteja pronta cedo — disse ele finalmente em tom irritado. — Não dê um passo sem me dizer o que fará.

Meu coração ficou apertado quando vi uma expressão de dor no rosto dele. Concordar fora quase a morte para ele, mas supus que Marcus decidira que ficaria melhor comigo do que sem a minha presença. Ele podia ter contatos naquela área, mas não era uma cidade em que passara muito tempo. As visitas dele tinham sido rápidas, provavelmente apenas para se encontrar com informantes na região.

Ergui a mão e passei-a pelo maxilar dele. — Obrigada — disse eu com sinceridade.

Ele apertou os braços em volta de mim. — Eu nunca tive chance. Sabia que você insistiria como se sua vida dependesse disso ao saber que havia duas mulheres em perigo.

Eu sorri. — Você decidiu bem depressa.

Ele deu de ombros. — Seu irmão não pode ir. Está cuidando de Ruby.

Talvez ele não quisesse dar muita importância aos seus esforços humanitários, mas Marcus era o tipo de homem que não conseguiria conviver com o fato de não ter tentado ajudar aquelas mulheres. — Você também quer ajudá-las — acusei gentilmente.

— Eu *quero* manter você segura. Eu não deveria ter mencionado as mulheres prisioneiras. Devia ter sabido que você pularia no fogo para salvá-las — retrucou ele.

Eu o beijei com carinho e afastei-me para dizer: — Você é um homem bom, Marcus.

Ele fez um gesto de desprezo. — Nunca ouvi *isso*.

— Deveria, pois é verdade.

— Então você provavelmente é uma das pouquíssimas pessoas que acredita nisso. A maioria das pessoas acha que sou um escroto, até mesmo meus amigos.

Eu ri do comentário autodepreciativo dele. Eu ouvira Jett chamar Marcus de escroto em mais de uma ocasião, mas sabia que fora brincadeira. Sob a aparência arrogante, Marcus era um homem incrível. Ah, ele era cuidadoso, um aspecto que provavelmente era proveniente do trabalho que fazia para o governo. Mas qualquer um que passasse a conhecê-lo veria, em algum momento, que, sob o exterior de escroto, havia um cara com um coração muito bom.

— Você vai me levar junto — relembrei.

— Relutantemente — respondeu ele em tom infeliz. — E só porque acho que você teria mais problemas sem mim.

— Você sabe que tenho mais influência naquela área — argumentei.

— Talvez tenha, mas ainda não estou nada feliz com essa situação toda. Mas eu não ia mentir para você. Acho que supus que você aceitaria que eu fosse sozinho porque não é um lugar para onde queira ir agora.

— Eu *preciso* ir — disse eu. — Tenho que me libertar.

— E eu quero que você fique em casa — retrucou ele com voz rouca.

— Podemos experimentar aquelas algemas antecipadamente — sugeri.

— Acha que não vou? — perguntou ele, erguendo uma sobrancelha de forma arrogante, desafiando-me.

Passei os braços em volta do pescoço dele. — Eu *não* tenho medo nenhum.

De fato, a ideia de ficar nua e à mercê de Marcus era um prazer erótico que eu tinha certeza de que adoraria.

Ele se levantou, puxando-me com ele. Dei um gritinho quando ele me jogou sobre o ombro. — Marcus, coloque-me no chão. Acho que você tem um fetiche de me carregar como um homem das cavernas.

Eu estava rindo quando ele deu um tapa no meu traseiro, sem ouvir uma palavra do que fora dito ao se encaminhar para o quarto.

— Não é um fetiche — negou ele. — Só estou ansioso para ver você de algemas.

Eu ainda estava sorrindo quando ele me levou para dentro do quarto e colocou-me no chão.

— Você é impossível — acusei, incapaz de reprimir o sorriso bobo que tinha no rosto.

— Você gosta disso em mim — retrucou ele em tom arrogante.

Eu não podia discutir. Ele tinha razão. De fato, eu adorava a teimosia dele quando não estava tentando me enlouquecer.

— Eu não gosto — neguei falsamente, colocando as mãos nos quadris enquanto revirava os olhos.

— Sim, gosta — corrigiu ele com voz rouca. — Adora a forma como fico tentando até que você fique nua e depois *insisto* para que goze.

Ah, droga, eu *adorava* aquilo.

— Vai continuar falando ou vai me mostrar? — Meu corpo já estava em chamas e ele nem encostara em mim.

Ele ficou em silêncio quando começou a me mostrar como eu adorava sua persistência.

Capítulo 25

Marcus

—O que diabos você quer dizer com elas não estão aqui? — explodi com Jett, que estava no outro lado da conversa pelo celular.

Tínhamos chegado à Turquia um dia antes, mas estava tão quente que eu estava praticamente derretendo dentro do terno com gravata.

Eu estava parado em uma rua estreita na cidade e parara para telefonar para Jett enquanto Dani estava mais adiante, além da esquina, conversando com um dos moradores.

— O que eu quis dizer é que nós as encontramos — respondeu Jett, não parecendo nada abalado pelo meu temperamento. — Elas foram liberadas com a ajuda de alguns médicos na mesma cidade onde você está agora. Voltaram para a Europa abaladas, mas estão bem.

— E você não tinha como descobrir isso antes que eu saísse dos EUA com a sua irmã? — reclamei, sabendo muito bem que não era culpa de Jett.

— Eu não sabia que você ia levar Dani.

— E é possível impedi-la de fazer alguma coisa? — resmunguei.

Danica era capaz de atropelar as pessoas como se fosse um furacão.

— Provavelmente você conseguiria, mas é claro que não quis — comentou Jett.

— Ninguém consegue deter Dani quando ela está determinada a fazer alguma coisa — respondi com voz sombria.

— Ela é teimosa — concordou Jett. — *Você* deveria entender *isso* muito bem.

— Ela me deixa louco — confessei. — É como se estivesse determinada a se enfiar em situações perigosas.

— Ela está com você — disse Jett. — Ficará bem. E, em defesa da minha irmã, ela não tenta intencionalmente se meter em situações complicadas. Acontece porque ela se importa demais. Como ela está, mentalmente falando?

— Acho que ela estava apreensiva quando chegamos aqui. Mas, uma hora depois, estava andando por aí, falando com os residentes e com a equipe médica daqui. Agora, parece confortável.

— Você gosta dela — disse Jett em tom afirmativo.

— Mais do que eu deveria — respondi relutantemente. — Ela vai me fazer passar pelo inferno.

— Ela é complicada. Porém, acho que você consegue lidar com isso porque ela é também uma das pessoas mais bondosas que conheço. E não estou dizendo isso só porque é minha irmã. Ela coloca o coração em tudo o que faz — retrucou Jett.

— Eu sei — admiti. — Mas, algumas vezes, ela carrega fardos demais que não são dela.

— Dani considera tudo que acha que pode resolver como uma batalha pessoal. Sempre foi assim, Marcus. Não há nada que nenhum de nós possa fazer para mudar a natureza dela. E não sei se eu faria isso, mesmo se pudesse.

— Eu sei — disse eu. — Não quero mudá-la, mas eu me preocupo muito com ela.

— Se partir o coração dela, vou matar você — comentou Jett em tom casual.

— É mais provável que ela parta o meu — resmunguei.

— Melhor o seu do que o dela — retrucou Jett solenemente. — Dani passou por coisas demais. Não sei o que você sente por ela, mas, se não for algo permanente, não mexa com a cabeça dela.

— Caralho! Eu *quero* que seja permanente. Não sei se ela quer alguma coisa que signifique compromisso. — A última coisa que eu queria era afastá-la confessando que queria que ela ficasse comigo para o resto da vida. Agora que tínhamos passado algum tempo juntos, eu não conseguia me imaginar passando o resto da vida sem ela. Cada segundo que ficamos juntos fora como um presente e eu não queria que isso terminasse.

— Se ela está com você, é porque quer algo permanente — informou Jett. — Ela não é do tipo de entrar em algo sem querer tudo.

— Ela teve outros homens na vida — argumentei.

— Não muitos — disse Jett. — E nunca foi nada sério.

— O que o faz pensar que ela quer mais do que apenas um caso? — perguntei curioso.

— Porque ela é Dani — respondeu ele simplesmente. — Nunca a vi olhar para nenhum homem como olha para você.

Um traço de esperança surgiu no meu coração. — Espero que tenha razão — retruquei. — Caso contrário, estarei fodido.

Ouvi a risada divertida de Jett. — Cara, nunca achei que diria isso, mas você é ridículo.

— Eu sei — concordei prontamente. — E odeio isso.

— Ela vale a pena — disse ele.

Eu sabia que Jett tinha razão. Dani valia qualquer insegurança e medo que eu precisasse ter para mantê-la. Sentindo-me desconfortável em discutir Dani com o irmão dela, finalmente perguntei: — Está tudo bem aí?

— Sim, estamos bem. Ruby passou pelo inferno, mas é uma guerreira.

— E você está absolutamente certo de que aquelas duas mulheres estão seguras? — perguntei, querendo confirmar antes de contar a Dani.

— Sim, estou — disse Jett enfaticamente. — Acabei de falar com elas. Eu queria ter conseguido essa informação antes que vocês fossem para a Turquia.

— Está tudo bem — disse eu, sentindo-me um pouco culpado pela forma como o tratara. — Como disse, você não sabia que elas estavam seguras há um ou dois dias. Fico feliz por estar tudo bem. Agora posso pegar sua irmã e dar o fora daqui.

— E esse lugar aí é seguro, de verdade? — perguntou Jett, exigindo a verdade.

— O mais seguro que uma cidade perto da fronteira pode ser, acho — respondi. — E nem de perto seguro como eu gostaria. Sua irmã gosta de destacar que qualquer coisa pode acontecer em qualquer lugar, mas pode ter certeza de que não gosto do fato de ela estar aqui. Não sei como eu a deixei quando a vi em áreas perigosas antes.

— Talvez você estivesse em negação — sugeriu Jett. — Acho que todos nós estávamos. Dani nunca pareceu preocupada e todos os irmãos, incluindo eu, só aceitamos. Nós nos preocupávamos com ela. Porém, quanto mais tempo se passava sem que nada acontecesse com ela, menos ansiosos ficávamos. Foi um erro que nunca mais acontecerá.

— Eu me preocupava — admiti. — Mas mal nos conhecíamos e só o que fizemos foi antagonizar um ao outro. Acho que foi assim que lidei com o medo de que alguma coisa acontecesse com ela. Se a única coisa que ela fazia era me enfurecer, eu disse a mim mesmo que estava feliz em deixá-la cuidar da própria vida.

— Mas não era tão simples? — perguntou Jett.

— *Nada* relativo à sua irmã é tão simples *nunca* — resmunguei. — Ela ainda me enfurece.

— Mas, *ainda assim*, você a ama — declarou Jett.

Mais do que você jamais saberá! Em voz alta, respondi: — É, vai entender.

— Acho que qualquer pessoa com que você se preocupe e por quem vale a pena lutar o deixará muito irritado às vezes — retrucou Jett em tom divertido.

— Acho que a teimosia dela é uma das coisas de que gosto nela, o que é um tanto paradoxal. O amor não faz sentido — disse eu a Jett em tom irritado.

Jett riu. — Ele não *precisa* fazer sentido. Não seria tão incrível se fizesse.

Eu me perguntei como meu amigo ainda conseguia achar que estar apaixonado era tão incrível depois de ser dispensado por uma vadia que não gostou da aparência dele depois do acidente. Eu tinha que dar um certo crédito ao cara. Depois de algum tempo, ele descobrira que o que tinha com Lisette fora algo unilateral e condicional.

O amor não era totalmente confortável para mim. Ele me deixava vulnerável demais e eu odiava essa sensação. Porém, era melhor estar exposto do que ficar sem Danica.

— Acho que você tem razão — respondi finalmente. — Agora, vou encontrar sua irmã e dar o fora daqui para ter certeza de que ela estará segura.

— Ok. Avise quando chegarem — pediu Jett.

Concordei e desligamos.

Guardei o telefone no bolso do casaco. Depois, tirei o casaco, pois estava tão quente que eu suava profusamente.

Soltei a gravata e também tirei-a, guardando-a no bolso do casaco.

Apesar de aquele país ter áreas mais temperadas, aquela cidade em particular não era um desses lugares, e estávamos em julho. Não era como a Arábia Saudita durante o dia, mas não havia prédios com ar-condicionado. Portanto, o calor estava ficando incrivelmente desconfortável.

Fiquei imaginando como Dani aguentava.

Determinado a encontrá-la e dar a notícia de que as duas mulheres que procurávamos já estavam em segurança, comecei a andar pela rua.

Tínhamos nos aventurado em uma parte da vila que não tinha muitas pessoas. O contato dela ficava longe do centro da cidade, motivo pelo qual eu a deixei ir na frente enquanto conversava com o irmão dela. A área estava relativamente quieta e achei que seria seguro o suficiente deixá-la sair da minha linha de visão, porém ainda por perto. Na realidade, eu teria conseguido vê-la se não fosse pelos prédios.

Eu estava quase chegando à esquina quando a explosão ocorreu. Mais tarde, eu não me lembraria de ver o homem-bomba jovem e inexperiente que andou pela cidade atrás de mim.

Só do que eu me lembrava era a forma como a bomba explodira, deixando tudo coberto de fumaça.

Vidros estilhaçados.

A força da explosão me jogou no chão e minha cabeça bateu na rua.

Por alguns momentos, fiquei desorientado.

Depois disso, só o que senti foi medo no ar cheio de poeira quando olhei para a loja que Dani fora visitar e a minha determinação de tirar Dani do prédio desmoronado, nem que tivesse que cavar com as mãos.

Dani

A explosão me pegara de surpresa e nunca entendi completamente o que me atingiu.

Atordoada, eu estava no chão sujo, ainda tentando processar o que acontecera, quando minha mente se concentrou em uma coisa: Marcus estava do lado de fora.

Marcus. Ai, meu Deus. Ele está seguro?

— Uma bomba. Deve ter sido uma bomba — murmurei para mim mesa. — E foi perto.

Eu estava familiarizada com o som de uma bomba explodindo, mas demorei um minuto para afastar o choque e perceber exatamente o que acontecera tão perto da minha localização. Eu nunca ouvira um ruído tão alto nem tão destruidor.

O prédio inteiro desmoronara sobre a minha cabeça. Eu tinha um espaço pequeno para me mexer, mas não conseguiria sair dos destroços sozinha. Parte do teto estava logo acima de mim e, entre as vigas no chão, consegui ver muito vidro quebrado.

Se eu estou em uma situação desesperadora como esta... como está Marcus?

Ele estivera ao ar livre, exposto à força total dos explosivos.

Meus olhos começavam a se ajustar à atmosfera escura à minha volta. O ar ainda estava cheio de partículas e fumaça.

— Baris! — Tentei chamar meu amigo que estivera do outro lado da sala quando a bomba explodira.

Ele não respondeu e torci para que tivesse saído do prédio. Baris estivera perto da saída, portanto, era inteiramente possível que estivesse em segurança.

Continuei gritando o nome do meu amigo, mas não houve resposta.

Havia vozes gritando do lado de fora, portanto, a ajuda chegara. Porém, meu coração batia com muita força quando deitei a cabeça latejante no chão.

— Por favor, que Marcus esteja bem — murmurei em um sussurro dolorido. — Não deixe que nada aconteça com ele.

Uma lágrima desceu pelo meu rosto. Meu coração queria desesperadamente negar que ele pudesse estar ferido... ou pior.

— Eu o amo — disse eu em voz alta, ouvindo as palavras que mantivera na mente por dias.

Era um alívio admitir para mim mesma exatamente o que sentia por Marcus. Sinceramente, eu provavelmente sempre estivera um pouco apaixonada pelo macho alfa frustrante. Mas o sentimento crescera muito durante o tempo que passáramos juntos na Flórida e no Colorado. Eu passara a conhecer quem era Marcus por dentro e ficara perdidamente apaixonada pela primeira vez na vida.

Era uma sensação boa.

Mas também doía, pois eu sabia que nosso relacionamento seria temporário.

Em algum momento, Marcus teria que voltar a viajar e eu passaria para a minha próxima história. O problema era que não quisera perder um momento sequer do que havia entre esses eventos, portanto, eu me deixara viver o prazer. Eu pagaria um preço alto, mas não importava.

Ele provavelmente fora o único homem em quem eu poderia confiar o suficiente para fazer sexo depois do que acontecera comigo.

Era irônico que a cura que eu tivera com Marcus provavelmente partiria meu coração no futuro.

— Por favor, faça com que ele esteja bem. Lidarei com todo o resto quando chegar a hora — sussurrei, com a garganta dolorida demais para falar mais alto. A fumaça e a poeira estavam atingindo-me.

Eu me atormentei sobre a segurança de Marcus, presa até que alguém aparecesse para me ajudar a sair do prédio desmoronado. Eu me sentia muito culpada, pois Marcus estava naquela posição por minha causa. Se ele não tivesse ido à Flórida para me procurar, provavelmente não estaria naquela cidade da fronteira no momento. Se não fosse por mim, ele estaria em segurança.

Eu disse a mim mesma, repetidamente, que não podia pensar no passado, mas não adiantou. Se alguma coisa acontecesse com Marcus, eu me odiaria por insistir em acompanhá-lo. Mesmo se ele ainda acabasse ali procurando as mulheres desaparecidas, certamente não estaria naquela área. Fora eu quem o levara até lá porque tinha que falar com os meus contatos.

— Por favor, esteja bem. Por favor.

Entoei aquelas palavras baixinho e a frase se tornou um mantra.

Eu fora até lá para ajudar a salvar vidas. Rapidamente, eu recuperara a confiança e perdera o medo da cidade e da área ao redor. Não demorara muito depois de chegar para voltar ao ritmo de caçar informações. Os amigos que eu fizera naquela vila tinham me recebido muito bem, todos felizes pelo meu bem-estar.

Finalmente, eu sentira que estava recuperando-me dos meus medos.

Eu só queria desesperadamente que não tivesse feito com que Marcus fosse ferido.

Se não fosse por mim, ele provavelmente não estaria na Turquia naquele momento, muito menos em uma cidade da fronteira que evidentemente acabara de sofrer um ataque a bomba.

Ele nunca teria se envolvido em Miami se eu não estivesse atrás de Becker. E demoraria muito mais até que nos encontrássemos por acaso de novo.

Fechei os olhos, com a fumaça e o ar sujo à minha volta fazendo com que ardessem muito.

Apesar de eu amar Marcus mais do que qualquer outra coisa no mundo, desistiria de tudo naquele momento para vê-lo em segurança.

Preciso encontrá-lo!

Eu queria muito dar o fora daquela loja e procurar Marcus, mas, se começasse a me mover, provavelmente faria com que o teto caísse sobre mim. Eu precisava que alguém tirasse os destroços pelo lado de fora para criar uma rota de fuga sem mover alguns dos suportes à minha volta que me impediam de ser esmagada.

Meu coração disparou quando ouvi movimento proveniente do lado de fora do prédio. Consegui ouvir pessoas trabalhando para me tirar dali. Apesar de não ter paciência para esperar, eu tinha que me manter viva para que pudesse fazer o possível para ajudar Marcus. Eu tinha que encontrá-lo e, para tanto, tinha que sair daquele lugar viva.

— Danica!

Meu coração deu um salto quando ouvi uma voz masculina chamando meu nome, que parecia muito a voz de Marcus.

Abri os olhos e consegui ver alguém aproximando-se progressivamente do meu local. A figura masculina jogava destroços grandes de lado muito mais depressa do que conseguia se mover.

— Marcus! — gritei.

— Dani? — chamou ele, com a voz rouca e estressada.

— Estou aqui. Tenha cuidado. O teto vai desmoronar. Não há muita coisa que o segure acima do chão.

Consegui vê-lo e observei enquanto ele empurrava para o lado pedaços de madeira, tendo o cuidado para não tirar nada que fosse necessário para segurar o teto.

— Você está bem? — gritou ele.

— Sim. Só preciso de uma abertura para sair. Se eu mover algumas dessas coisas perto de mim para sair, acho que o teto vai cair.

— Não se mexa, caralho — exigiu Marcus. — Vou abrir um caminho daqui.

— Você está bem? — perguntei ansiosa.

— Claro que *não* estou bem. Estou morrendo de medo de você ser esmagada.

Era uma resposta típica de *Marcus*, mas tão incrivelmente doce que minhas lágrimas começaram a escorrer sem parar. — Eu quis dizer, você está *fisicamente* bem? Foi ferido na explosão?

— Vou sobreviver — respondeu ele alto o suficiente para que eu ouvisse.

Para mim, isso significava que ele estava ferido, mas não queria admitir.

Finalmente vi o rosto dele quando Marcus rastejou na abertura que criara com as mãos nuas.

— Marcus, você está ferido — gritei ansiosa porque consegui ver sangue no rosto dele.

— Estou bem — respondeu ele em tom ríspido. — Neste momento, só o que eu quero é tirar você daí. Consegue me dar as mãos sem mudar nada de lugar? Puxarei você pela área que acabei de abrir.

Ele estava minimizando os ferimentos, mas eu não conseguiria respostas até que saísse do prédio.

— Sim, consigo mexer os braços. — Ergui os braços com cuidado, esticando-me para que conseguisse segurar as mãos dele.

— Está ferida? Não quero piorar nada — perguntou ele hesitantemente.

— Não — respondi. — Fiquei confusa por alguns minutos, mas não estou machucada.

Ele se esticou um pouco, pegou minhas mãos e puxou-me para fora, devagar e sempre. Tentei cuidadosamente me manter longe das vigas que eu tinha certeza que impediam que o teto caísse.

Em alguns momentos, eu estava do lado de fora, longe do prédio, e presa com força nos braços de Marcus.

Nós nos abraçamos e eu não queria mais soltá-lo. Nos momentos em que me perguntara se ele ainda estava vivo ou não, eu mesma quase morrera.

— Baris? — perguntei ansiosa sobre meu amigo enquanto abraçava Marcus com a mesma força com que ele me segurava.

— Ele está bem — respondeu Marcus. — Só alguns ferimentos pequenos. Está sendo tratado na clínica.

Eu me afastei para que pudesse olhar para ele.

Ergui a mão para tocar no ferimento na cabeça dele. Não deixei de notar que as mãos dele também sangravam depois de escavar a madeira e o vidro para me tirar de lá. — Você está ferido, Marcus. Precisa ir até a clínica.

A ferida na cabeça dele estava aberta e ainda escorrendo sangue. A camiseta que fora branca pela manhã agora estava coberta de sangue. Sem dúvidas, o ferimento da cabeça continuara sangrando enquanto ele me tirava dos destroços da loja.

— Estou bem — disse ele com a voz cheia de emoção. — Só quero tirar você daqui.

— Estou bem — argumentei.

— Eu não — confessou ele. — Nunca mais quero passar por outro incidente em que não sei se você está viva ou morta, Danica. Não consigo.

— Também fiquei com medo — disse eu com a voz trêmula ao colocar os braços em volta dele de novo e apertá-lo com força. — Eu sabia que você estava do lado de fora. Mas não sabia onde estava quando a bomba explodiu.

— Eu estava preocupado com você. Parece que estou ficando bom nisso — respondeu ele, com as mãos feridas acariciando meus cabelos em um movimento reconfortante.

— Estamos em segurança — disse eu com os olhos cheios de lágrimas, começando a absorver a enormidade do que acabara de acontecer.

— Vamos para casa — sugeriu ele, mas sem se mover.

— Temos que encontrar aquelas mulheres...

— Elas estão em segurança — disse Marcus. — Alguém as ajudou a chegar em casa. Jett confirmou.

Ai, meu Deus. Não deixei de perceber a ironia de estarmos na Turquia procurando as duas mulheres, que estavam em segurança em casa. Quase tínhamos morrido por causa de duas mulheres que não precisavam da nossa ajuda.

Apesar de doer ter que me separar de Marcus, afastei-me dele para que pudéssemos ir embora. — Você precisa ir à clínica ver seus ferimentos antes de irmos — insisti, preocupada com o tamanho do ferimento na cabeça dele.

— Verei isso quando chegarmos em casa — disse ele em tom teimoso.

— Agora — exigi.

Esperei uma resposta arrogante e fiquei realmente preocupada quando não a recebi. Olhei para Marcus ansiosa, percebendo que ele estava pálido e com a mão na cabeça.

— Eu vou... — A voz dele sumiu quando ele se sentou em uma caixa próxima que não fora destruída.

Eu me abaixei ao lado dele. — Marcus, fale comigo — disse eu em pânico.

Ele não disse nenhuma outra palavra.

Ele perdeu a consciência enquanto eu me esforçava para segurá-lo, gritando para que alguém, qualquer pessoa, me ajudasse.

Capítulo 27

Dani

Dois dias depois, estávamos finalmente a bordo do jatinho de Marcus a caminho de casa.

Ele me deixara com muito medo e eu nunca o deixaria esquecer disso. Depois de ser tratado o máximo possível na clínica médica, ele fora transportado para a capital para fazer mais exames. Depois que os exames tinham dado negativo para fraturas, ele ficara alguns dias lá em observação. Marcus tivera uma bela concussão, mas estava recuperando-se.

Por sorte, o homem-bomba fora inexperiente. Na realidade, fora uma garota com cerca de dezoito anos. Sozinha, ela entrara na parte errada da cidade, causando muitos danos, mas nenhuma fatalidade, exceto ela mesma.

Lamentei a perda da vida de alguém tão jovem e senti uma tristeza profunda por ela ter sido tão cheia de violência.

— Ei, você está bem? — perguntou Marcus, que estava deitado na cama. Depois de decolarmos, eu insistira que ele fosse descansar.

Eu estava sentada de pernas cruzadas perto dele, perdida em pensamentos enquanto observava o curativo em sua testa. Eu perdera a conta de quantos pontos tinham sido necessários para fechar o ferimento, mas estava curando bem. — Só cansada, acho — respondi ao sorrir para ele.

— Você *está* em uma cama agora — relembrou ele.

Esfreguei os olhos com a mão. — Eu sei, mas não consegui dormir.

— Preocupada comigo? — perguntou ele curioso.

Lancei um olhar exasperado a ele. — Sim, eu estava preocupada.

— Minha cabeça é bem dura — disse ele em tom divertido, com a mão acariciando minhas costas.

As mãos dele já estavam quase curadas. Por sorte, os ferimentos nelas tinham sido superficiais.

Emiti um som de desprezo. — Pela primeira vez, estou *feliz* por você ser cabeça dura.

Virei o corpo para que pudesse deitar de lado perto dele, com a cabeça apoiada na mão.

— Estou bem. Por que essa expressão pensativa? — perguntou ele com uma voz mais suave.

Gentilmente, estendi a mão para tirar os cabelos da testa dele. — Só fico pensando em como as coisas poderiam ter acontecido. Se você estivesse mais perto, teria sido bem pior.

— Pare com isso, Dani — disse ele firmemente. — Não enlouqueça pensando em como as coisas poderiam ter sido piores. Eu me torturei com os mesmos pensamentos no primeiro dia depois da explosão. Depois, percebi como tivemos sorte. Estou me concentrando no fato de nós dois ainda estarmos aqui e relativamente ilesos.

Marcus podia minimizar os ferimentos dele, mas eu não. Tirando isso, ele tinha razão. Eu realmente precisava ficar feliz por nós dois ainda estarmos vivos. Ele ficaria curado e voltaria ao normal em uma semana. Exceto talvez por uma pequena cicatriz, ele não teria efeitos duradouros da explosão.

— Eu sei que você tem razão, mas fiquei muito assustada — confessei.

Marcus passou o braço em volta da minha cintura e puxou-me contra o seu corpo. Relaxei, deixando minha cabeça repousar no peito dele.

— Você me perguntou uma vez do que eu tinha medo — disse Marcus em tom pensativo.

— Eu me lembro — murmurei.

— O que aconteceu é exatamente do que tenho medo — disse ele com voz grave. — Tenho muito medo de que alguma coisa aconteça com você. Você não tem exatamente uma vida calma e isso me preocupa. Não sou rígido com muitas coisas, mas perder você ou vê-la ferida de novo é o meu maior medo. Não posso ver você brutalizada novamente, Dani. Quase morri por isso depois de tirarmos você daquele acampamento rebelde.

Meus olhos se encheram de lágrimas. Não importava o quanto tentasse afastá-las, elas continuaram escorrendo. — Mas eu sobrevivi, Marcus. Talvez nunca mais seja exatamente a mesma que era antes de acontecer aquilo, mas percebi, antes mesmo da explosão, que voltar lá me libertou de alguma forma.

Ele ficou em silêncio por um momento antes de perguntar: — Está falando sério?

— Sim. Não estou dizendo que não preciso continuar a terapia, mas acho que tudo se encaixou. Só o que preciso fazer agora é entender tudo. Não me sinto ansiosa mais. Duvido que serei destemida como era, mas parte da falta de medo era baseada no fato de que nunca entendi realmente como a vida pode terminar rapidamente. Nunca senti de verdade dor ou medo intenso. Depois que senti, fiquei mais desconfiada.

— Nunca mais quero ver você com medo, com dor ou ansiosa — resmungou ele.

— Também não quero — admiti. — Mas tenho que admitir que, não importa o quanto gostaria de voltar e ser a mesma pessoa de antes do sequestro, não consigo. Tenho que aceitar quem sou agora.

— E aceita?

— Sim. Acho que aceito — comentei.

— Voltar fez você querer sua antiga vida de volta? — perguntou ele hesitantemente.

Eu suspirei. — Não. Nunca poderei voltar. Tenho que seguir adiante. Eu gostaria de continuar como repórter investigativa independente onde existem histórias a serem contadas. Mas não estou mais triste por desistir do meu ritmo. Descobri que não preciso estar sempre em todos os locais perigosos do mundo. Posso encontrar histórias a serem contadas em qualquer lugar do mundo.

— Graças, caralho — disse Marcus. — Quero que você fique comigo.

Tentei ignorar a forma como meu coração galopava dentro do peito. Eu amava Marcus com todas as fibras do meu ser, mas não queria ter esperanças de que nosso tempo não seria limitado. — Em algum momento, você voltará a viajar — disse eu em tom leve, tentando fingir que essa separação não partiria meu coração.

— Não tanto — informou ele. — Parece que meus executivos estão fazendo o meu trabalho muito bem no exterior. E, se não for um problema para o governo que eu treine alguém para fazer o meu trabalho de inteligência, acho que tenho a pessoa perfeita para isso.

— Vai parar de ser James Bond? — perguntei incrédula.

— Eu *não* estou brincando de ser James Bond. E sim, acho que eu não me importaria de passar parte disso para alguém mais jovem. Estou cansado de não comer chocolate — brincou ele. — Não que eu não vá viajar, e ainda preciso me encontrar com alguns dos meus contatos, mas estou pronto para passar mais tempo com a minha família e na minha casa em Rocky Springs. Eu me arrependo de ter perdido tanta coisa por estar constantemente longe.

Eu entendia como uma pessoa podia se sentir sozinha quando viajava o tempo inteiro. Eu me sentira separada dos meus irmãos por um longo tempo e sentia falta deles. — Eu também senti falta da minha família — confessei. — Acho que só me mantive ocupada demais para perceber.

— Você não comentou sobre o que eu disse — relembrou ele.

— O quê?

— Quero que você fique comigo, Dani. Quero que você esteja comigo. Quer? — A voz dele estava cheia de esperança.

— Não sei se posso — respondi com sinceridade. As lágrimas continuavam a escorrer dos meus olhos e a cair na pele nua do peito dele.

— Por quê? — rosnou ele.

Fiquei em silêncio, com medo de dizer a ele tudo o que estava pensando. Eu não queria que ele se sentisse pressionado por mais, mas tinha que ser verdadeira comigo mesma. — Eu amo você, Marcus.

Ele rolou o corpo de lado e apoiou a cabeça na mão, forçando-me a fazer o mesmo para que ficássemos frente a frente. — O que você disse?

— Você me ouviu. Eu amo você tanto que chega a doer. Não sei se consigo ficar em um relacionamento com você sem querer mais do que apenas sexo.

— *Nunca* foi apenas sexo entre você e eu — protestou ele. — Meu Deus, Dani! Não consegue sentir? Acho que eu soube, por um longo tempo, que tínhamos mais do que apenas atração sexual, mas não queria reconhecer. Sim, ok, meu instinto primário era trepar com você e isso nunca desapareceu. Mas acho que nós dois sabemos que nunca foi completamente só sexo.

— Acho que não, mas eu não sabia o que você queria. Eu não sabia se você queria amor, mas *não* posso dizer isso de novo.

— Eu quero tudo, caralho — disse ele com voz ríspida. — Quero tudo que você estiver disposta a dar. E vou querer mais depois disso.

— Quer algo que envolva compromisso?

— Ah, sim. Quero que você e eu estejamos o mais comprometidos que duas pessoas podem ser — respondeu ele com voz rouca. — Quero definir algum tipo de compromisso para que possamos viajar juntos e ficar em casa ao mesmo tempo. Quero que você se case comigo e use minha aliança no seu dedo para que todos os idiotas lá fora saibam que é minha.

— Quer que eu me case com você? — perguntei apreensiva.

Marcus Colter não era o tipo de homem que se casava... pelo menos, eu nunca o vira assim até aquele momento.

— Não acredito que você duvidou que eu quisesse que ficássemos juntos. Eu também amo você, Danica. Diga que vai se casar comigo para que eu não tenha um ataque do coração sem saber se vai concordar.

Meu olhar encontrou o dele em uma colisão de intensidades que fluía entre nós.

Talvez eu sempre tivera dúvidas se conseguiríamos seguir como um casal. Porém, agora que eu sabia que ele também me amava, senti que poderia voar. — Sim — respondi simplesmente.

— Sim, vai? — insistiu Marcus. — Vai se casar comigo? Não tenho ainda um anel, mas...

Coloquei a mão gentilmente nos cabelos dele e cortei suas palavras ao me inclinar para a frente para beijá-lo. Eu não me importava nem um pouco com um anel nem com as formalidades. Só o que precisava saber era que ele me amava.

Todo o resto era nada além de detalhes inconsequentes.

Ele passou o braço em volta da minha cintura e puxou-me de costas, com a boca exigente ao assumir o controle do abraço.

Foi o beijo mais doce e excitante que eu já recebera.

Ele mordeu meu lábio inferior e, em seguida, acariciou-o com a língua.

O beijo não foi carnal e eu não ia deixar que saísse de controle. Não íamos a lugar algum. Marcus acabara de sair do hospital e a última coisa de que precisava no momento era uma olimpíada na cama.

Mas poderíamos saborear o momento e todas as emoções que acompanhavam a decisão de que amávamos um ao outro tanto que queríamos passar o resto da vida juntos.

Quando ele finalmente ergueu a cabeça, olhei em seus olhos e disse: — Sim, vou casar com você. Vou ficar com você. Vou continuar a deixar que roube o meu chocolate pelo tempo em que estivermos vivos — brinquei. — Agora, você precisa descansar um pouco.

— Prefiro que você fique nua — respondeu ele.

— Nada de sexo. Nós dois acabamos de admitir que não é só sexo. E você acabou de sair do hospital. Nada de atividades estressantes para você.

A expressão dele foi de decepção. — Sei que não é *só* sexo, mas isso não significa que eu não queira desesperadamente que você fique nua.

Eu também o queria, mas não me importaria de esperar. — Sua saúde é minha maior prioridade.

— A minha também — disse ele com voz grave. — Meus testículos estão doendo.

Eu ri alto. Não conseguia acreditar que ele quisesse mesmo fazer sexo quando ainda se recuperava dos ferimentos. — Vá dormir

— insisti, empurrando-o de volta para o travesseiro. — A última coisa em que precisa pensar no momento é fazer sexo.

— É a primeira coisa em que estou pensando — respondeu ele.

— Você consegue passar alguns dias sem sexo — disse eu ao me ajeitar ao lado dele e colocar a cabeça em seu peito.

— Sim, consigo — admitiu ele. — Ora, eu passava meses ou até um ano sem sexo. Mas, desde a primeira vez em que encostei em você na Flórida, não consigo pensar em mais nada.

Sorri contra a pele macia do peito dele. Sinceramente, eu me sentia do mesmo jeito, mas não admitiria isso naquele momento. — Eu amo você, Marcus — murmurei.

— Meu Deus! Eu também amo você, querida — disse ele com a voz rouca ao apertar os braços em volta e mim. — Você pode marcar mais uma coisa na sua lista, pois nunca vai encontrar um cara que a ame mais do que eu.

Suspirei, feliz ao ouvir a respiração de Marcus ficar regular, um sinal certo de que estava exausto e precisava descansar.

Ele quer passar o resto da vida comigo. Ele quer se casar comigo.

Decidi que finalmente chegara a hora de fechar a janela para o passado e abrir a porta do futuro com Marcus.

Uma lágrima escorreu pelo meu rosto, mas não era de tristeza nem de medo. Ela fora criada da alegria imensa que enchia meu coração e de saber que Marcus me amava tanto quanto eu o amava.

Toda a dor pela qual eu passara chegara ao fim e eu finalmente estava pronta para seguir adiante.

Saber que eu seguiria em frente com um homem que amava mais do que a própria vida tornava minha nova mentalidade muito mais doce do que jamais fora.

Ele era a peça importante do quebra-cabeça da minha vida que sempre estivera faltando, apesar de eu não saber até que Marcus encaixasse naquele espaço vazio.

Caí em um sono exausto, seguramente entre os braços dele, sabendo que, não importava o quanto eu o irritasse e vice-versa, *sempre* haveria amor.

Capítulo 28

Dani

—Adorei como sua família toda é muito próxima uns dos outros — disse eu a Marcus alguns dias depois enquanto voltávamos para casa depois de um jantar na casa da mãe dele em Rocky Springs.

Era uma noite de verão clara. Como estávamos em um dos muitos carros esportivos de Marcus, eu conseguia ver as estrelas. O conversível me dava uma visão perfeita do céu do Colorado.

Adorei a sensação de estar ao ar livre. Meus cabelos provavelmente acabariam parecendo um ninho de pássaros, mas sentir-me daquela forma, tão livre e despreocupada, valia a pena completamente.

— Sua família é próxima também — respondeu ele.

Dei de ombros. — Quando conseguimos nos reunir. Acho que muito se perdeu quando meus pais morreram tão subitamente. Cada um seguiu o próprio caminho para lidar com o luto. Sua mãe parece manter toda a família junta.

— Concordo — respondeu ele. — Ela foi a pessoa que juntou nossa família desde a morte do meu pai. Mas viajar o mundo não ajuda. Nós dois temos tempo para tentar compensar o passado com as nossas famílias.

Marcus e eu tínhamos conversado muito sobre o que queríamos fazer no futuro.

Eu veria Harper muito mais, agora que estávamos na mesma cidade. Minha irmã e eu tínhamos jurado tentar nos reunirmos mais com nossos irmãos. Harper ainda viajaria com Blake, o marido senador, para Washington, DC. E eu queria viajar o mundo com Marcus para que pudesse encontrar histórias a escrever. Mas Harper e eu estaríamos em casa e no mesmo lugar com muito mais frequência, portanto, estávamos determinadas a forçar nossa presença na vida dos nossos irmãos, se fosse preciso.

Eu amava meus irmãos. Nenhum de nós quisera se afastar uns dos outros.

Só... acontecera.

Marcus estendeu a mão para segurar a minha e entrelacei meus dedos nos dele quando finalmente prometi: — Encontraremos tempo no futuro.

Eu já adorava Tate e a esposa dele, Lara. Zane e a esposa, Ellie, eram extremamente gentis. Eu conhecera Gabe e Chloe naquela noite. E, claro, Harper e Blake também estavam no jantar de família.

Sinceramente, eu já sabia que amaria a família de Marcus tanto quanto ele amava. As mulheres da família Colter já tentavam me puxar para o círculo delas planejando várias atividades juntas. Seria bom ter uma família de novo, mas ter a família de Marcus não diminuiria meus esforços com Harper de nos aproximarmos de novo de Jett, Carter e Mason.

Sorri quando chegamos à entrada da casa de Marcus e percorremos a estrada pavimentada em volta da mansão enorme até a garagem para dez carros onde ele guardava os carros de *verão*. Havia uma garagem para três carros anexa à casa onde ele mantinha os carros de luxo que eram apropriados para qualquer clima.

Por mais sério e sensato que Marcus fosse, fiquei feliz por ver que ele ainda era um garoto que adorava seus brinquedos. Todas as dez vagas estavam preenchidas com carros esportivos clássicos ou de luxo. Parecia ser a maior indulgência de Marcus e eu não reclamaria. Ele podia comprá-los e eu tinha o benefício tão andar nos veículos poderosos.

Em algum momento, eu o convenceria a me deixar dirigir todos eles. Afinal, uma garota também podia adorar aqueles brinquedos.

Depois que ele fechou a garagem, pegou minha mão e andamos até a casa juntos. — Parece estranho ter uma casa permanente — disse eu pensativa.

Eu passara anos andando pelo planeta inteiro, mas nunca investira em uma casa. Sim, Harper e eu tínhamos comprado juntas um apartamento em Miami, mas era mais um investimento do que uma casa.

— Se não gosta desta casa, podemos comprar outra — sugeriu ele.

Ah, claro que não. — Você mandou construir esta casa — retruquei. — E eu a adoro.

A casa de Marcus era imensa, mas era um reflexo dele e eu não conseguiria ter planejado uma casa melhor para nós.

Ele desativou o alarme e entramos. Ele se virou para mim e disse: — Não quero que seja tudo por mim, Dani. Nem mesmo sei se você quer morar em Rocky Springs. Posso morar em qualquer lugar, mas não posso viver sem você.

Eu me joguei nos braços dele, com o coração tão leve que ele parecia flutuar dentro do meu peito. — *Não* é tudo por você. Não tenho casa, Marcus. Nunca me importei com uma casa porque estava ocupada demais perseguindo histórias. Mas foi aqui que crescemos e minha irmã está aqui. É perfeita.

Ele apertou os braços em volta da minha cintura. — Só quero que você seja feliz — resmungou ele.

Eu me afastei o suficiente para olhar para o rosto dele. — Diga que me ama — pedi.

Os belos olhos cinzentos estavam ardentes quando ele disse: — Eu amo você.

Corri a mão pelo maxilar dele. — É só do que preciso para ser absolutamente feliz.

Ele assentiu e abriu um sorriso malicioso que imediatamente provocou um calor entre as minhas coxas.

Quando Marcus sorriu, meu mundo virou de cabeça para baixo.

Ele segurou minha mão e puxou-me em direção à cozinha. — Fico feliz por se sentir assim, meu amor, pois há mais.

Curiosa, eu o segui. Não sabia quanto mais *felicidade* eu conseguiria aguentar.

Parei abruptamente ao entrarmos na cozinha. — Mas o quê...

A mesa da cozinha estava cheia de itens, mas a primeira coisa que chamou minha atenção foram dois balões em formato de coração presos ao buquê de rosas vermelhas mais lindo que eu já vira.

Um balão dizia: "Case".

O segundo dizia: "Comigo".

Cobri a boca, com as emoções prestes a chegar à superfície. — Eu já disse *sim* — relembrei a ele com a voz trêmula.

— Eu tenho assistentes — disse ele. — Você só não os conheceu ainda. Tive que procurar ajuda para preparar estas coisas enquanto estávamos fora.

Passei gentilmente o dedo nas rosas e percebi que praticamente a mesa inteira estava coberta de chocolate.

— Você tem bom gosto — disse eu com tom divertido. Reconheci a maioria dos nomes nas caixas e embalagens. Tudo na mesa era o melhor dos melhores chocolates, e muito caros. Ele comprara tudo dos melhores fabricantes de chocolate, da Suíça à França, bem como um da costa leste dos EUA.

Com frequência, eu me contentava com uma barra de uma loja de conveniência. Eu não era exigente em se tratando de chocolate. Mas não era avessa a experimentar alguns dos itens que Marcus comprara. Na verdade, eu estava ansiosa para destroçar aquela coleção.

Ele se aproximou da mesa e pegou uma garrafa de champanhe. Em seguida, tirou a rolha e serviu a bebida em um belo par de taças de cristal.

Aceitei a taça que ele me deu, com o coração acelerado ao pensar no trabalho que Marcus tivera só para me agradar. — Obrigada — disse eu com voz trêmula.

— Não é mais do que você merece — disse Marcus ao tomar um gole do champanhe. — Eu não deveria ter pedido você em casamento no quarto do jatinho. Você merece muito mais do que aquilo. Você é meu coração, Danica.

Abri a boca para responder, para dizer que ele era tudo para mim, mas fechei-a novamente quando ouvi um latido estridente.

— Mais uma coisa... — A voz dele sumiu quando ele atravessou a cozinha e inclinou-se para abrir o que parecia uma caixa.

Fiquei atônita quando uma bola de pelo explodiu de dentro da caixa e correu diretamente na minha direção. — Ai, meu Deus — gritei, colocando a taça sobre a mesa para que pudesse pegar o cãozinho. — Quem é este?

— Você disse que sempre quis um cachorro. Tecnicamente, é um filhote, mas ele ficará adulto em algum momento — informou ele.

Abracei o filhote empolgado ao perguntar: — Então é um macho? É meu?

Marcus assentiu. — Todo seu — confirmou ele.

Sorri para ele. — Vou dividi-lo com você. Ele parece um pastor alemão. Ele tem nome?

— Ainda não, mas terá quando você lhe der um. E é um pastor alemão. Tate tem um macho e queria que Shep tivesse uma ninhada antes de ser castrado. Este filhote é um dos filhos de Shep.

— Ele é lindo — disse eu enfaticamente, rindo quando o cãozinho saiu do meu colo, começou a pular pela cozinha e, em seguida, correu de volta para mim.

Olhei para a coleira dele por um momento. Em seguida, estendi a mão e tentei pegar o objeto brilhante preso à coleira azul.

Demorei um momento para entender o que eu segurava.

— Isto é meu também?

Marcus deu um passo à frente e ofereceu a mão. Eu a peguei, deixando que ele me puxasse para ficar de pé. — Se ainda está disposta a aceitar isto e tudo o mais que vem com ser casada com um cara como eu, é seu.

Olhei para o belo anel que tirara da coleira do cachorro, com os olhos cheios de lágrimas de felicidade. Não consegui dizer nada quando Marcus pegou o anel, segurou minha mão e colocou o diamante maravilhoso no meu dedo enquanto dizia: — Se não quiser o anel, é tarde demais. Agora você é minha.

— Claro que quero — gritei quando ele me girou no ar.

— Desculpe por não estar pronto quando a pedi em casamento — disse ele. — Mas você pode riscar mais um item da sua lista. Foi pedida em casamento, mesmo que não tenha sido algo sensacional.

Ele acabara de colocar um anel absolutamente incrível no meu dedo e estava pedindo desculpas? — Não importa.

— Claro que importa — argumentou ele. — Não quero que se arrependa de ter se casado com um cara que não é muito romântico.

Talvez Marcus não fosse corações e flores todos os dias, mas eu nunca duvidara do quanto ele me amava. Aquele cenário maravilhoso para pedir em casamento uma mulher que já dissera *sim* era um exemplo perfeito do motivo pelo qual eu nunca acharia que ele não era romântico. — Nunca vou me arrepender de você — disse eu ferozmente. — Nunca.

A boca de Marcus desceu sobre a minha tão depressa que fiquei sem fôlego. Gemi contra os lábios dele, com o corpo cheio de desejo, ao me abrir para ele, deixando que atacasse minha boca.

Eu estava em chamas e não sabia se alguma coisa conseguiria algum dia extinguir esse fogo.

Apertei mais os braços em volta do pescoço de Marcus, pressionando meu corpo contra o dele e sentindo o pênis enrijecido sob o tecido da calça *jeans*.

Eu não cedera aos outros ataques dele aos meus sentidos, disposta a esperar até que Marcus estivesse completamente recuperado. Os pontos tinham sido retirados naquele dia e eu tinha a sensação de que não conseguiria resistir por muito mais tempo ao desejo mútuo.

— Marcus — gemi quando ele ergueu a cabeça.

— Eu sei, querida. Espere um pouco — disse ele baixinho ao erguer a saia de algodão do meu vestido e, em seguida, passar os dedos sobre minha calcinha molhada.

Joguei a cabeça para trás quando o calor do toque dele me consumiu. — Isso. Agora. Por favor.

Eu não podia esperar mais depois de tantos dias de privação. Eu o queria dentro de mim, com o quadril dele investindo repetidamente até ficarmos exaustos.

Ele segurou a calcinha e puxou-a com força. — Chega de esperar — disse ele em tom exigente.

— Chega de esperar — repeti quando senti o tecido da calcinha rasgado descer pelas minhas pernas até o chão.

Minha boceta se contraiu ferozmente quando Marcus acariciou minhas dobras e seus dedos me penetraram.

Gemi de novo quando ele provocou meu clitóris, pronta para implorar por misericórdia.

As mãos dele finalmente seguraram minhas nádegas e ele me carregou até a mesa, colocando meu traseiro na beirada. Ele abriu espaço com um movimento largo do braço. Não fiquei com pena dos chocolates caros que caíram no chão.

Eu precisava de Marcus muito mais do que precisava de qualquer tipo de chocolate.

Eu me apoiei nos braços e observei enquanto ele liberava furiosamente o pênis da calça *jeans*.

— Não posso esperar — rosnou ele. — Coloque as pernas em volta de mim.

— Não espere — implorei enquanto obedecia ao comando dele. — Agora.

Respirei fundo quando ele puxou meu corpo para a frente e enterrou-se dentro de mim com uma investida forte.

— Isso, assim. Não se segure — pedi ofegante.

— Eu não conseguiria mesmo se quisesse — respondeu ele baixinho.

Foi com força e depressa. Belo e frenético. Marcus investiu em mim com um desespero semelhante ao meu.

— Mais — gritei.

Ele me deu mais e mais.

Acompanhando o ritmo intenso dele, meu corpo começou a tremer enquanto Marcus investia sem misericórdia. Só o que eu podia fazer era desfrutar do desejo que me invadira e assumira o controle do meu corpo. Eu só conseguia pensar no homem que parecia ansioso para me deixar totalmente louca.

Ele apertou minhas nádegas, segurando-me no lugar enquanto continuava a entrar e sair de mim repetidamente.

— Preciso gozar, Marcus — gemi.

— Então goze para mim — respondeu ele com tom feroz. Ele tirou uma das mãos do meu traseiro e encontrou o ponto em que eu precisava que tocasse com os dedos.

— Isso. Assim. Isso. — Eu me soltei e deixei que a força do orgasmo me controlasse, ficando cada vez mais forte. Meu canal começou a ter espasmos, incentivando Marcus a gozar.

— Marcus, eu amo tanto você — gritei, com meu corpo inteiro tremendo sob a força do orgasmo poderoso.

— Eu amo você — respondeu ele em um gemido de puro alívio enquanto gozava dentro de mim.

Eu me sentei, passei os braços em volta de seu pescoço e beijei-o.

Foi um abraço longo e reconfortante. Enterrei uma mão nos cabelos da nuca dele, suspirando feliz enquanto ele me abraçava com força.

— Marcus — disse eu em um sussurro ao afastar a cabeça.

Nós ficamos agarrados um ao outro. Não havia como saber por quanto tempo ficamos naquela posição, mas precisamos do latido irritado do filho para nos tirar de nosso pequeno mundo. Nós rimos ao finalmente separarmos os corpos saciados.

Peguei a calcinha rasgada e joguei-a na lata do lixo sem um pingo de remorso.

Eu era rica. Marcus era rico. Eu poderia comprar calcinhas novas. Porém, nada substituiria o que acabara de acontecer entre nós.

O dinheiro nunca compraria aquele tipo de felicidade.

Sorri ao observar Marcus dar ao nosso filhote a afeição que ele queria.

Se eu tinha o homem que amava, poderia aprender com facilidade a simplesmente comprar calcinhas em grandes quantidades no futuro.

Epílogo

Marcus

Vários meses depois...

arper está grávida de novo — anunciou Blake sem aviso, com voz aterrorizada.

Meu irmão gêmeo e eu estávamos entrando em algumas lojas em Rocky Springs antes de nos encontrarmos com Harper e Dani para almoçar.

Estranhamente, estávamos em uma loja de doces que observávamos.

Não fiquei surpreso ao saber que a esposa de Blake estava grávida de novo, pois eu tinha certeza de que ele praticava bastante. Ele adorava a esposa e eu sabia que Blake queria mais filhos, portanto, perguntei: — E isso não é uma coisa boa?

Ele pegou uma caixa de chocolates e largou-a ao responder: — Não era para acontecer na primeira vez e agora aconteceu de novo. Ela não pode ter filhos, mas eu sabia disso quando nos casamos.

Como ela estava grávida pela segunda vez, supus que Harper podia ter filhos, sim. Provara isso pela segunda vez. — E como ela ficou grávida de novo?

Supus que eles tinham feito isso da forma normal, como na primeira vez. Porém, eu não queria entrar *nesse* assunto com meu irmão.

— Só aconteceu. Acho que é possível, mesmo pela segunda vez, mas altamente improvável. Conversamos sobre adoção. Não esperávamos que isso acontecesse.

— Parabéns — disse eu, batendo nas costas dele. — Mas você não parece feliz.

— Estou morrendo de medo — confessou Blake. — Tudo está normal até agora, mas qualquer coisa pode acontecer. Quase tive um ataque do coração antes que nosso filho nascesse.

O filho de Blake ainda nem andava e estremeci ao pensar em como ele sobreviveria a outra gravidez.

Eu sabia que mulheres davam à luz todos os dias, mas a situação toda também parecia um pouco assustadora para mim. Eu não sabia como me sentiria se Dani estivesse grávida. Algum dia, eu provavelmente descobriria, mas estava feliz no momento por não estar no lugar de Blake.

— Lamento — disse eu com a voz rouca. — Sei como foi difícil para você na última vez.

— Obrigado — disse ele, com a atenção voltada para uma barra de doce enorme. — Sei que é uma coisa boa, mas estou com medo de que aconteça alguma coisa.

Aquilo soou como uma preocupação legítima. — A gravidez é de alto risco? Harper foi uma guerreira na última vez.

— Na verdade, não — respondeu ele. — Está indo tudo bem. Não quero dizer a Harper que estou um caco. Prometemos que nos concentraríamos nas coisas positivas da última vez e desta vez também. Ela precisa disso no momento.

Blake e eu tínhamos ficado mais próximos nos meses anteriores, portanto, minha resposta não foi fora do comum: — Então concentre-se no fato de que terá outro filho e tente se esquecer de algo que não consegue controlar. Estou feliz porque terei mais um sobrinho.

— Ela jura que será uma garota. Estou fodido. Não vou deixar que namore antes dos cinquenta anos.

Era fácil para mim dizer *fique calmo*, mas entendia o que amar alguém tanto como Blake e eu amávamos nossas esposas podia fazer com um homem. Saber que a esposa dele estava grávida tão cedo depois do nascimento do meu sobrinho e que perdera um bebê anos antes provavelmente estava acabando com Blake.

— Eu *estou* feliz — disse Blake em uma voz definitivamente *infeliz*. — Só queria que a parte da gravidez terminasse logo.

Peguei uma caixa do doce favorito de Dani e segurei-a enquanto seguia meu irmão pela loja. — Vai comprar alguma coisa?

Blake deu um salto como se eu tivesse acabado de acordá-lo. — Sim — disse ele em tom ausente ao pegar algumas caixas e andarmos em direção ao caixa.

— Quanto tempo falta para terminar? — perguntei curioso enquanto pagava a minha compra.

— Seis meses, vinte dias e cerca de doze horas até que ela dê à luz — disse Blake, pagando os doces que pegara.

Coitado. Ele vai desmoronar. Não vai aguentar.

Saímos da loja de doces e andamos em direção à cafeteria ao lado. Nenhum dos dois estava com pressa, pois estávamos adiantados.

Eu não tinha o que dizer para fazer Blake se sentir melhor. Eu sabia por experiência que a ansiedade dele não terminaria até que Harper desse à luz um bebê saudável. — Vai dar tudo certo — disse eu finalmente em um tom que torci para ser como a voz da razão. — Se não é de alto risco, as chances são excelentes para que tudo dê certo. Ela brilhava na última vez e estava incrivelmente saudável.

— Eu sei. Mas vou ficar preocupado até o bebê nascer — disse Blake ao olhar para o relógio. — O que acha que nossas mulheres estão fazendo? — perguntou ele.

— Provavelmente estão na loja de artigos infantis — respondi.

Blake sorriu subitamente. — Altamente provável — concordou ele. — Harper já está comprando coisas para o bebê. Como está convencida de que é uma menina, está comprando tudo novo.

Por um momento, a apreensão de Blake se dissolveu quando ele se concentrou nas partes agradáveis de ter outro filho.

Ele parecia... feliz.

Talvez eu não tivesse entendido antes o desejo dele de se casar. Porém, agora que Dani era minha esposa, eu vivia no mesmo tipo de bolha de felicidade que meus outros irmãos e Chloe.

Não que tudo fosse perfeito entre Dani e eu. Colocar duas pessoas cabeça-dura juntas para a vida inteira significava que haveria algumas discordâncias. No entanto, eu decidira muito tempo antes que preferia brigar com ela do que fazer sexo com qualquer outra mulher.

Além do mais, sempre havia o sexo para compensar. *Isso* sim valia qualquer briga.

Sinceramente, eu sabia que era um escroto e que ela *ainda* era meu anjo, mesmo quando discordávamos. Só o fato de ela estar disposta a me aguentar pelo resto da vida era um milagre.

Eu me casara com ela logo depois de colocar aquele anel em seu dedo. Ter uma família grande como a minha na mesma área nos ajudara a dizer nossos votos poucas semanas depois. Minha mãe e o restante da família fizeram sua parte para ajudar Dani e eu a termos uma bela cerimônia em tempo recorde.

Blake e eu estávamos perto do restaurante quando vimos nossas esposas andando pela calçada em nossa direção.

Vi Dani rir de algo que Harper dissera, com seu rosto iluminado pela felicidade que encontrara ali com nossas famílias. Ela era extremamente próxima da irmã e acabara próxima de todas as mulheres da família Colter.

Eu me reunia com meus irmãos regularmente. Blake e eu éramos mais como gêmeos de novo e provavelmente teríamos uma certa afinidade um com o outro agora que nos encontrávamos com mais frequência. Ele viajava bastante a Washington para seus deveres como senador, mas isso não impedia de nos encontrarmos bastante.

— Ela é tão linda — murmurei ao observar enquanto ela e Harper se aproximavam.

— As *duas* são — corrigiu Blake.

Dani ainda fazia terapia, mas eu sabia que ela ficava mais confiante e serena a cada dia. Não que ela não fora *sempre* audaciosa, mas, aos poucos, eu via cada vez menos o olhar assombrado que tivera nos olhos.

Ela ainda escrevia e até mesmo redigira alguns artigos para o jornal local. Se havia algo a ser discutido, minha esposa fazia isso com gosto, fosse um problema regional ou relevante para o mundo todo. Não importava onde publicava um dos seus artigos, ela colocava o coração em cada problema sobre o qual escrevia.

Dani finalmente ergueu o olhar e nossos olhares imediatamente se encontraram. Eu podia jurar que tinha um sinalizador que sempre me levaria diretamente a ela.

Meu coração acelerou quando ela sorriu para mim, brilhando com uma bela luz que eu sempre associara com o sorriso radiante.

Jesus Cristo! Como tive tanta sorte de conseguir uma mulher que me ama tanto quanto a amo?

Ela apressou o passo e eu a segurei quando encostou no meu peito. Passei os braços em volta dela com força e, claro, meu pênis respondeu de acordo. Não havia como sentir o perfume doce dela sem que meu pênis entrasse no modo *completamente pronto*.

— Eu amo você — disse Dani baixinho ao afastar o rosto e dar-me um beijo cheio de afeição.

— Também amo você — respondi com a voz rouca. Eu duvidava que haveria um momento em que ouviria aquelas três palavrinhas dela sem sentir um grande nó na garganta.

— Harper está esperando outro bebê. Ela acha que é uma menina — anunciou ela em tom alegre. — Estou tão feliz. Teremos mais um sobrinho ou sobrinha.

Lancei um sorriso para Blake e Harper, que tinham acabado de terminar de se cumprimentar de forma íntima. — Ouvi dizer. Parabéns, Harper.

Harper sorriu para mim. — Obrigada. Agora, eu só queria que Blake parasse de se preocupar.

— Sem chance — disse eu em tom direto à minha cunhada.

— Não há nada de errado em ter esperança — retrucou Harper, dando um beijo no rosto do marido. — Dani vai fazer um chá de bebê para mim.

— Por quê? — perguntou Blake, soando sinceramente confuso. — Nunca entendi esse negócio de chá de bebê. Nem quando minha mãe fez um para você na primeira vez. Achei que eram só para ganhar presentes. Mas somos ricos e você pode comprar o que quiser.

Balancei a cabeça negativamente. Obviamente, meu irmão gêmeo ainda não entendia as mulheres. — Normalmente há porcarias e bolo para comer — expliquei. — E é a oportunidade perfeita para as mulheres se reunirem e reclamarem de nós.

Dani me deu um tapa fingido. — Não é o *único* motivo. Estar grávida é algo importante e tem que ser celebrado.

Realmente, para Harper, a gravidez *era* outro milagre e ela tinha mais a celebrar do que muitas outras mulheres. Eu estivera provocando meu irmão e Dani, mas estava muito feliz pelo novo bebê.

— Então faremos uma festa de verdade — concordei alegremente. — Bolo de chocolate?

— É claro — responderam Dani e Harper ao mesmo tempo.

Sorri para a minha esposa e entreguei a ela o saco de chocolate. — Talvez você aguente com isto até podermos encomendar o bolo.

Ela pegou o saco e segurou-o contra o peito. — Ai, meu Deus, Marcus, esse é um dos motivos pelos quais amo tanto você — exclamou Dani.

Coloquei o braço em volta da cintura dela, seguindo meu irmão e Harper até o restaurante.

— Você me ama porque eu trouxe chocolate? — perguntei em tom de brincadeira.

— Não. Amo você porque, mesmo quando não estamos juntos, continua pensando em mim. São as pequenas coisas que você faz que me fazem amá-lo tanto.

— Mas comprar uma caixa de doces para a minha esposa quando já estou na loja não é muito romântico — comentou ele.

— Discordo — disse ela firmemente. — É *muito* romântico.

— Se você acha — respondi em tom cético.

Ela abriu o saco e deu um gritinho alegre. — Nossa, este chocolate é fantástico — disse ela entusiasmada. — Ele derrete de forma incrível. Adoro colocá-lo no sorvete, mas tenho um plano melhor para ele hoje à noite.

Eu tossi um pouco assustado. — E que plano seria esse?

— Vou fazer uma surpresa para você.

Eu já tinha visões de nós dois nus e Dani lambendo o chocolate de uma parte particular do meu corpo que a adorava. — Mal posso esperar. Você está *mesmo* com fome?

— Estou faminta — respondeu ela em tom alegre.

Estou fodido!

— Mas posso comer depressa — acrescentou ela de forma provocante.

— Não se apresse. — Eu não queria que ela engasgasse com a comida só porque tinha um marido apaixonado.

— Garanto que valerá a pena esperar — respondeu ela no tom sedutor que sempre me deixava louco.

Eu sabia que ela faria valer a pena até mesmo rastejar pelo inferno, o que fazia com que fosse muito mais difícil esperar.

Interrompemos a conversa quando chegamos ao restaurante atrás do meu irmão e de Harper.

Dani realmente comeu depressa, mas Harper e Blake também, o que me fez pensar se tinham um arranjo similar ao nosso. Era improvável, já que tinham uma criança pequena em casa. Porém, eles ainda agiam como recém-casados.

Comi minha comida tão depressa que mal senti o gosto. Ora, quem *não* faria isso sabendo que passaria a noite em um estado de prazer inimaginável?

No fim da refeição, puxei Dani da cadeira, joguei a conta para o meu irmão e escapamos, citando um compromisso anterior.

— Com quem? — perguntou Blake em tom cético.

— Não é da sua conta — resmunguei.

Blake fez um gesto de desprezo, mas pegou a conta para que Dani e eu escapássemos.

Algum dia, eu retribuiria pagando almoços ou jantares juntos, mas, naquele momento, minha mente estava concentrada em apenas uma pessoa.

Quando estávamos finalmente no meu carro e dirigindo para longe da rua principal, ouvi Dani suspirar ao dizer: — Leve-me para casa, Marcus.

Eu não tinha como dirigir depressa o suficiente. As palavras dela fizeram eu me sentir como se tivesse levado um soco na barriga.

Minha casa se tornara o *lar* para nós dois, uma mistura de velho e novo, dela e minha, e um lugar onde eu queria ficar o tempo inteiro porque Dani estava lá comigo.

Pensei nos meus irmãos e na minha irmã, Chloe, cada um de nós encontrando o amor, um após o outro. Como era o mais velho, na realidade deveria ter sido *eu* o primeiro a assentar. Mas eu não tinha do que reclamar. Fora preciso uma mulher especial para me aguentar e Danica valera a espera.

Agradecimentos

Como sempre, quero agradecer à minha equipe KA incrível e à minha equipe das ruas, Jan's Gems, por tudo o que fazem para promover meus livros.

Milhões de agradecimentos aos meus leitores. A série A Obsessão do Bilionário está no livro 11 e é cada vez mais divertido escrever com cada novo casal. Obrigada por amar meus bilionários poderosos e, algumas vezes, muito alfas.

Amo todos vocês por me deixar continuar a fazer o que adoro tanto como trabalho do dia a dia!

Abraços, Jan

Livros em de J. S. Scott

Série A Obsessão do Bilionário:

A Obsessão do Bilionário: A Coleção Completa (Simon)
O Coração do Bilionário (Sam)
A Salvação do Bilionário (Max)
O Jogo do Bilionário (Kade)
A Perdição do Bilionário (Travis)
Bilionário Desmascarado (Jason)
Bilionário Indomado (Tate)
Bilionário Sem Limites (Chloe)
Bilionário Destemido (Zane)
Bilionário Desconhecido (Blake)
Bilionário Revelado (Marcus)

Série Um romance dos Irmãos Walker:

Liberte-se! (Trace)
O Playboy! (Sebastian)

Série Os Sinclair:

Um bilionário raro (Dante)
O bilionário proibido (Jared)
O Toque do Bilionário (Evan)